Marco Solís

El hombre de arena

Jesús Rosales

ALJA

Marco Solís

El hombre de arena

Jesús Rosales

Marco Solís El hombre de arena

© D. R. 2020, Jesús Rosales.

© D. R. 2020, ALJA Ediciones.

Calle Ofelia Gutiérrez 61

Fraccionamiento Los Ébanos

H. Matamoros, Tamaulipas, México. 87340.

Imágenes interiores: Francisco J. Rosales.

Imagen de portada: Antonieta Carpenter-Cosand.

Primera edición: (ALJA Ediciones, 2020).

ISBN: 979-8646463730

Índice

A mis padres.

GARAGE SALE

Cuando llegué a su casa, Marco sacaba un puño de billetes de su bolsillo para darle el cambio a un hombre delgado, de unos treinta o cuarenta años, y recibir del intercambio varios discos de larga duración y de 45 revoluciones. Marco vendía sus discos casi regalados, los elepés a dólar, los pequeños a dos por uno. Eran discos de los años sesenta y setenta, de músicos contratados por la Capitol, ATCO, Epic, Atlantic, entre otras marcas discográficas conocidas de la época. Sus discos era lo único que Marco tenía en venta en el garage sale que se anunciaba en el rótulo engrapado en el poste de luz de la calle y otro enterrado en la yarda de la casa. La herramienta oxidada de jardín, el tostador raspado, las blusas y camisas arrugadas, y otra cantidad de cosas que estaban en venta eran de sus padres. Ellos vendían tiliches que ya no consideraban útiles en su vida y Marco aprovechó la ocasión para sacar y vender cientos de discos que tenía almacenados en el pequeño clóset de su habitación. La noche anterior había revisado su colección y me llamó por teléfono invitándome a juntarnos para platicar, "to catch up on things", me dijo. Yo acepté sin titubeo. No lo había visto por un largo tiempo y sentía la necesidad de dialogar con él, sobre él, nosotros, la vida y no aburrirme de mi propia rutina.

Cuando supe que Marco vendía sus discos no me imaginaba que fueran los elepés de valor, me refiero a la talla de un *Sgt. Pepper's Lonely Hearts Club Band, Disraeli Gears, In-A-Gadda-Da-Vida,* o *Abraxas* que compró cuando recién salieron en venta. En efecto, Marco sí vendió elepés de grupos de rock conocidos —*Pendulum* de Credence Clearwater Revival, *Fireball* de Deep Purple, *Soft Parade* de los Doors— pero, por lo general, no eran los discos clásicos de estas bandas o los imprescindibles de su colección; vendió elepés como el *Lightnin' Strikes* de Lou Christie y *Your're a Very Lovely Woman/Live* de los The Merry-Go-Round, discos que había comprado en venta en el Kress, la tienda de descuento que marcaba sus discos mutilando una esquina de sus portadas.

Después de que Marco le entregó el cambio al hombre que compró por lo menos diez elepés y varios 45s, colocó su mano en mi hombro y me pidió que por favor le diera un vistazo a su colección, sugiriendo que "puede que encuentres something that you might like". No le di mucha importancia a sus palabras y le dije que no se preocupara, que no buscaba nada en particular. Hablamos en oraciones cortas de los mismos temas de siempre —de música, de deportes— como si no hubieran pasado meses sin habernos visto. Sin embargo, después de retarme a contestar quién escribió la letra de "The

18

Boxer" y si me acordaba del éxito más conocido de los Blues Magoos y de los Electric Prunes, Marco, cambiando abruptamente de tema y en un tono más serio, habló sobre la importancia de conservar recuerdos. Me preguntó si valía la pena mantenerlos vivos. Su inesperada inquietud me hizo creer que deseaba conversar sobre asuntos más concretos y profundos que claramente lo agobiaban. Le pregunté que si su pregunta tenía que ver con los discos que acababa de vender, que si estaba arrepentido de venderlos, o que si temía que al venderlos se le iba parte de su vida. Él me contestó que eso no le preocupaba, que más bien se refería a la importancia de la palabra escrita. Me dijo que, desde años, desde nuestras primeras clases de español con el Padre Alonso, el venezolano franciscano, escribía en cuadernos escolares detalles personales, inquietudes, aspiraciones; en suma, ejercicios escritos para mejorar su español. Escribía desenfrenadamente, en cortos lapsos, a lo largo de meses, para luego, al final de cada año escolar, pensar en tirar todo a la basura. No quería ninguna prueba de deseos incompletos, decía. Además, todo era una monotonía. Se repetía todo. Cada año era una repetición de lo que se vivía previamente. Le comenté que a mí también me gustaba escribir, que escribía en diarios o, mejor dicho, en journals para desahogarme de cosas que me impactaban, del comportamiento absurdo de gente que me intrigaba, de la comunión entre la bella naturaleza y la frialdad del hombre que

19

habitaba en ella. Que a veces quería compartir mis intimidades dejando que alguien las leyera para así mitigar las inseguridades albergadas dentro de mí, pero que no me atrevía por el miedo de que alguien leyera lo que posiblemente era una verdad, o una cuidadosa mentira fabricada.

*

Conocí a Marco en la Bishop García Diego, la única high school católica de Santa Bárbara, California. Muchos de los estudiantes que asistían a esta escuela procedían de las primarias católicas locales y se conocían desde la infancia. Era tan pequeño el alumnado que era imposible no conocer a todos los estudiantes y compartir con ellos las mismas materias en los mismos salones de clase. Y, sin embargo, para muchos era difícil entablar amistades sinceras. Marco fue uno de los compañeros que no se ajustó bien al ambiente de la escuela. Lo noté desde el principio cuando en el lunch period evitó ocupar el espacio asignado a nuestro grupo. Nuestra escuela carecía de cafetería y comíamos parados cotorreando en el amplio patio abierto donde la mayoría de los freshmen, sophomores, juniors y seniors se congregaban en un lugar reservado para su respectivo nivel académico. Nuestra clase de freshmen estaba conformada de noventa estudiantes, de los cuales menos de la mitad eran hombres. Esto nos forzaba a relacionarnos con un grupo limitado de compañeros, pues la mayoría de las muchachas solían apartarse de los hombres. En el área que nos correspondía había grupos de estudiantes que socializaban de acuerdo con ciertas circunstancias sociales; unos se juntaban porque se conocían desde sus años en la primaria católica, otros pertenecían a la parroquia de su barrio, o se juntaban porque compartían intereses particulares como el gusto por un deporte o cierto tipo de música. Marco no encajaba en ninguno de ellos porque su personalidad no se lo permitía. Era demasiado introvertido. Lo conocí en mi año freshmen en la clase de religión con el Padre Salvador y en la de español con el Padre Alonso. Siendo los dos alumnos que mejor dominábamos esta lengua, llegamos a hablar por intereses que teníamos en común: la cultura mexicana, la música y el béisbol de las ligas mayores.

Durante lunch Marco no se dejaba ver en la courtyard. Él se acostumbró a juntarse con un grupo pequeño compuesto de freshmen, sophomores y juniors que comían en el salón de arte localizado en uno de los edificios más remotos del campus. Era un grupo de estudiantes —en su mayoría chicanos como nosotros— que sus padres los obligaban a asistir a nuestra escuela y, por lo tanto, la odiaban profundamente. Se sentían enajenados y se apartaban de toda actividad social. No sé cómo Marco llegó a conocerlos o a juntarse con ellos, pero desde el segundo semestre de nuestro primer año, Marco los acompañaba diariamente en esa exclusiva aula donde se congregaban a comer su lonche. Un día después de nuestra clase con el Padre Alonso, Marco me pidió que lo acompañara a comer para continuar la plática que habíamos iniciado en la clase de español sobre los luchadores mexicanos y los ídolos del rock en español de los años sesenta, dos temas que nos encantaba discutir: que si el Blue Demon era mejor que El Santo o el Mil Máscaras, y si las canciones de los Teen Tops eran mejores que la de Los Rebeldes del Rock. Acepté para continuar hablando sobre estos temas, pero más que nada por la curiosidad de conocer más a fondo a este grupo de compañeros nefastos que me intrigaban. Pronto me di cuenta del ambiente de desesperación y de angustia que proyectaban. Maldecían todo lo relacionado con los "pinches gabachos" y la "pinche sociedad". Había un compañero en particular que me asustaba por su deseo de aniquilar al mundo entero; en la lista estaba su "disfunctional family" a quienes acusaba de ser los protagonistas de su desgracia. La plática sobre los luchadores y la música no se llevó al cabo, ya que me la pasé escuchando sus quejas y participando en el diálogo con un débil y obligado "I know what you mean, man". Marco me invitaría a comer con ellos en otras ocasiones y acepté acompañarlo en algunas de ellas, pero éstas fueron contadas porque me incomodaba mucho el odio y la negatividad que el grupo generaba. ¿Por qué no decirlo? Me cerré a su dolor, no los comprendía y con el tiempo me alejé completamente de ellos. Aunque Marco era una persona introvertida y muy reservada, siento que en él no encarnaba el rencor o la maldad que los otros sentían y no tenía la obligación de pertenecer a ese grupo. Pienso que se sentía solo e irónicamente buscaba compañía entre personas que sentían una soledad diferente a la de él. Marco no era agresivo. No odiaba la vida y me caía bien. Aunque no regresé a comer con su grupo, nuestra amistad continuó y seguimos hablando en las clases compartidas de religión y español. Sin embargo, en esos cuatro años compartidos en la high school, Marco nunca me invitó a su casa ni yo a la mía. A pesar de esto, por medio de nuestras pláticas en el salón de clase, me di cuenta de detalles de su vida que a través de los años nos ha unido sin que ambos nos comprometiéramos a formalizar una amistad íntima.

Después de graduarnos de la Bishop García Diego, Marco y yo asistimos al Santa Barbara City College. Esta vez cada quién llevó un diferente programa académico y jamás tomamos clases juntos; sin embargo, él no desapareció completamente de mi vida. Lo veía leyendo en la biblioteca, embebido en un libro de literatura o sentado en una lomita observando la grandeza del Océano Pacífico y las montañas Santa Ynez que se apreciaban desde cualquier parte del campus. En nuestros encuentros Marco siempre fue cortés y atento. Evitábamos hablar de nuestros años como estudiantes de high school y discutíamos temas sobre el estudio de ésta o aquélla carrera o de música y deportes. Nuestra amistad maduró y logramos intercambiar números de teléfono, "por si las moscas", decía. Hubo ocasiones que sí se ofreció y acordamos vernos en algunos eventos que patrocinaban Los Estudiantes por la Raza del City College, o el grupo cultural de La Casa de la Raza que, en ocasiones, organizaba bailes donde se presentaban Los Freddys, Los Muecas, Los Solitarios, grupos musicales que se especializaban en canciones románticas; o fiestas donde se celebraba el Cinco de Mayo o el 16 de Septiembre, con la presencia del arte de Manuel Unzueta y la poesía de Armando Vallejo, artistas locales respetados por su entrega a la comunidad.

Cuando Marco se graduó del City College —él un año antes que yo— se fue de Santa Bárbara para continuar sus estudios en Cal State Long Beach. Desde entonces no regresó a vivir permanentemente en esta ciudad. Por mi parte, cuando terminé mi AA, asistí a Cal State Los Angeles y regresé para trabajar como profesor de español en las secundarias públicas de Santa Bárbara y Goleta. Ahora lo veía únicamente cuando visitaba a sus padres y me daba una llamada "to catch up on things". En realidad, no había nada nuevo que contar, pero de todas maneras nos juntábamos para pasar el tiempo y escuchar música o hablar sobre la temporada buena o mala de los Dodgers. Fue en una de estas visitas a

Santa Bárbara que me dio su domicilio y me di cuenta de que vivía en el vecindario de la Mesa, situada en una loma a varias cuadras de la playa, a poca distancia del City College. Cuando terminó sus estudios universitarios estas visitas con sus padres fueron menos frecuentes, pero Marco nunca se olvidó de mí y me envió tarjetas postales de lugares por donde viajaba, mayormente de Arizona, Nuevo México y Texas.

Me gustaba la amistad de Marco porque era un tipo único e interesante con quien se hablaba de nuestra mexicanidad sin dar explicaciones. Hablábamos de la infancia que se vivió en México —ambos nacimos en Durango, nuestros padres nos trajeron a Santa Bárbara a la edad de siete años—, de la migración a California y de cruzar la frontera por primera vez. No se habló del destino ni de la suerte, de que si fue buena o mala nuestra venida a los Estados Unidos. El vivir en este país ya era un hecho. Platicábamos de nuestra adaptación a una nueva cultura e idioma. Pero, para mí, lo más fascinante era que, aunque compartíamos experiencias migratorias —por ejemplo, la historia del típico mexicano que se viene a los Estados Unidos y sobrevive adversidades para seguir luchando y "dándole duro al trabajo"— más que nada compartía su silencio, su manera paciente de aguantar lo cotidiano y de sobrevivir en ciudades aparentemente desiertas donde pocos te saludan. Apreciaba mucho el comunicarnos sin articular una palabra y dejar que la letra de las canciones que escuchábamos fuera el medio comunicativo que hablara por nosotros. Compartíamos nuestro gusto por la música mexicana de los años sesenta y setenta, como "Tus ojos" de Los Locos del Ritmo o "Julia" de Johnny Dynamo y Los Leo; también la música en inglés, la que escuchábamos en estaciones FM que tocaban las rock operas de The Who, *Tommy* y *Quadrophenia*, y las obras monumentales de Pink Floyd, *Dark Side of the Moon*, y de los Moody Blues, *Days of Future Passed*.

*

En el garage sale Marco y yo intercambiamos comentarios sobre el afán por los recuerdos y la palabra escrita, pero no profundizamos la conversación por la constante interrupción de las personas que compraban una lámpara sin campana, una manguera verde descolorida, la cabeza de un martillo oxidado, un mantel salpicado con manchas de mole poblano, o más discos. Para el mediodía, la gente dejó de venir y Marco recogió las cosas que se habían colocado a la entrada de la cochera. La madre de Marco me invitó a comer y acepté por el hambre que tenía y por la curiosidad de conocer la casa. La cocina estaba chica pero limpia; las paredes decoradas con cuadros pequeños y grandes de frutas y floreros, de un cuadro de la Última Cena y calendarios tradicionales mexicanos anunciando la panadería *La Bella Rosa* y el *Chapala Market*. Comimos frijoles refritos con queso panela y huevos estrellados. Había tortillas de maíz y de harina. Cuando terminé le di las gracias a la señora y a Marco le dije que ya era tiempo de regresar a casa. Antes de partir, Marco me invitó de nuevo a la cochera. Me dio las gracias por acompañarlo y me dijo que me llevara los que quisiera, refiriéndose a los discos que no se habían vendido. Acepté tentativamente, pero antes de revisarlos, sin querer, miré unos que yacían arriba de una caja destapada de zapatos Canadá, apartados de los discos que me había mencionado. Marco se dio cuenta de mi descubrimiento y afirmó que también ésos estaban disponibles. Sorprendentemente, éstos pertenecían a una colección de discos clásicos de la época. Escogí a *Abbey Road*, que ya tenía en mi colección, pero no quedaba de más tener otra copia de este monumental disco de los Beatles; *Strange Days* de los Doors, *What's Going On* de Marvin Gaye y *On the Border* de los Eagles. Escogí también unos 45s: "Don't Let Me Be Misunderstood" de los Animals, "I'd Love to Change the World" de Ten Years After, "Cinnamon Girl" de Neil Young, "You're Still A Young Man" de Tower of Power y "Suavecito" de Malo. Cuando tomé los discos me di cuenta de que dentro de la caja se encontraban tres cuadernos decorados con pequeños recortes de portadas de discos (tomados de la revista del Colombia Record Club) y de famosos guitarristas: Jeff Beck, Alvin Lee, Ritchie Blackmore; de Eric Clapton jamming en el Royal Albert Hall, de Carlos Santana en el Fillmore West, de Jimmy Page abrazando su doble guitarra, de Peter Townshend destruyendo su Fender contra un amplificador Vox, y de Jimmy Hendrix hincado quemando la suya en el escenario de Woodstock. Le pregunté si los cuadernos contenían una lista de todos sus discos o la letra de canciones favoritas. Me dijo que no, que eran algunos de los apuntes que había escrito a lo largo de varias etapas de su vida. "Son escritos que no tienen estructura o lógica. Cosas que son parte ficción y parte autobiográfica que ayudan a entenderme. Juego de palabras. Parecen unos rompecabezas por lo incoherentes que están", me comentó. Le pregunté que de qué se trataban, de qué escribía. "Cosas", respondió, "como te dije, pensamientos, posiblemente verídicos o falsos, no lo sé. Toda palabra carga con su romanticismo subjetivo. Mi realidad en ciertas etapas de mis momentos donde no sabía cómo responder a mis circunstancias". Me dijo que posiblemente los iba a tirar, que, así como los discos, habían servido su propósito por un definido tiempo y que ahora el tiempo había borrado ese propósito cursi. Pero agregó que a diferencia de los discos —que la gente compraba porque las canciones revivían experiencias únicas para cada una de las personas que las escucha— a nadie le interesaba lo que contenían sus cuadernos de palabras. Por su parte hasta le daba vergüenza escribir y leer lo que escribía.

Le dije a Marco que, antes de tirarlos, me permitiera leer

el contenido de los cuadernos. Después de hojearlos le dije que no eran muy largos y que, si no le importaba, podría quedarme un rato para leer unas cuantas páginas allí mismo en la cochera. Él me respondió que no era necesario, que podía quedarme a leerlos, pero que se iba a sentir muy incómodo estar cerca de mí si lo hacía. "Mira, mejor llévatelos a tu casa, te los doy, ahí tú sabes lo que haces con ellos. Léelos, pero cuando los termines ahógalos en el mar o tíralos a la basura, no me importa. No me los regreses. No los quiero. Si no te los llevas, de todas maneras, se van a quedar huérfanos". Acepté su propuesta, pero le dije que era probable que se los regresara después de leerlos, porque yo no me atrevería a deshacerme de ellos. Le di las gracias por la confianza y nos despedimos. Hubo un apretón de manos al estilo chicano y compartimos una mutua y ligera sonrisa antes de partir.

*

Cuando llegué a casa me ocupé de regar el jardín y limpiar mi cuarto. Mis padres se habían ido a Chula Vista para asistir a la boda de la hija de uno de sus amigos y no regresaban hasta el domingo por la tarde. Después de bañarme y de cenar regresé a mi cuarto y leí el contenido de los tres cuadernos.

Los cuadernos de Marco estaban escritos en hojas de college rule y no estaban muy gruesos. Contenían aproximadamente el mismo número de páginas cada uno; menos el tercero que contenía unas pocas más. Cada uno tenía su propio título escrito sobre las portadas de color y estaban divididos en varias secciones. Marco tituló el primero, el de la portada azul, "Cuaderno uno: Detrás de una mirada", y el segundo, el rojo, "Cuaderno dos: Espacios efímeros". Los dos estaban divididos en tres secciones cada uno. El tercero, de portada verde, "Cuaderno tres: El viento amarra" estaba dividido en cinco secciones. Las secciones del primer cuaderno, el azul, no tenían títulos y después de analizar su contenido —y sabiendo que posiblemente Marco ya no lo iría a leer— me atreví a escribirle uno a cada sección. Escribí lo siguiente, en lápiz: "Creciendo en silencio", para la primera sección, "Lo que mis padres no saben de mí", para la segunda, y "Rastros de arena" para la tercera. Los cuadernos dos y tres, el rojo y el verde, sí incluían títulos en sus respectivas secciones. Es probable que el cuaderno número uno representaba la parte autobiográfica de Marco y los otros dos su intento de escribir cuentos o relatos ficticios de tipo (auto)biográficos.

Cada cuaderno hablaba supuestamente de una etapa significativa de la vida de Marco, pero no pude determinar si los escritos contenían experiencias específicas o si él había inventado a un personaje que bautizó con su propio nombre. Por eso no puedo concluir que lo que leí fuera autobiográfico. Si lo fuera, el primer cuaderno habla de los años que compartimos en high school, ya que menciona a amistades como la de

Paul López, que yo también conozco, siendo él una de las amistades que conocí en esa aula de arte donde fui a acompañarlo en el lunch period en varias ocasiones. También porque, años más tarde, Marco participó como manager del equipo de baloncesto de la escuela. El segundo cuaderno lo identifico con los años en que terminó la universidad y que salió de California para iniciar su carrera de maestro en el suroeste del país. Parece que esta etapa de su vida encaja dentro de un espacio concreto donde trata de reconectarse con México, así interpreto la sección sobre el viaje que hizo a Durango. El tercer cuaderno habla de sus años más recientes. Ya hace tiempo que Marco salió de California, pero regresa de vez en cuando para visitar a sus padres, posiblemente para gozar más de ellos antes de que esta posibilidad se le escape de las manos.

Cuando terminé de leer los tres cuadernos pensé en lo que Marco me había comentado sobre su contenido. Estoy de acuerdo con él en cuanto a su vida parecida a la de un rompecabezas; yo le agregaría que era uno conformado de pequeñas piezas y de pocos colores. Lo que leí fue la representación de una vida parchada, formada al azar, como los fragmentos de arena que le dan forma a una playa frágil y vulnerable. Yo diría que los tres cuadernos encajan bajo un título unificador que en conjunto identifican a Marco como "El hombre de arena". Sin embargo, propongo —aunque todavía tengo mis dudas— que "Marco Solís" sea el título preferido del conjunto ya que metafóricamente describe la forma y el contexto del manuscrito del cual me estoy apropiando; en otras palabras, la imagen de un cuadro fantasma cuyo espacio carece de contenido; un marco solo, vacío. Dicho esto, me atrevo a incluir "El hombre de arena" como el subtítulo y así sentirme más en paz con el título.

Los títulos que Marco escribió con un marcador en la portada de color de cada cuaderno se me hacen acertados: el primero, "Detrás de una mirada", invita a imaginarse una ventana que se abre para penetrar en su interior; el segundo, "Espacios efímeros", permite sentir su añoranza por un espacio inalcanzable; y el tercero, "El viento amarra", es admitir que los recuerdos son ilusos y que, en efecto, atan con hilos invisibles el pasado con el presente, para culminar en un remolino de pasiones indefinidas.

Leí los cuadernos de Marco por una necesidad inexplicable de conocerlo íntimamente. Siempre me atrajo su misteriosa conexión con mi vida. Me puedo identificar con él y los fragmentos narrativos que describen su vida me sirven de inspiración para tomar la pluma y escribir mi propia historia. Cuando lo haga, me pregunto si será similar a la de él. Claro, para ser leída sólo por mí, a menos que se la dé a Marco para que la lea y me diga lo que piensa de ella; un intercambio recíproco que posiblemente él aprecie y valore. Pero por el momento presento su obra para valorar la vida de un ser humano que vivió una experiencia conmovedora: la de un niño durangueño que partió de México para nunca reencontrarlo o recuperarlo y llegar a los Estados Unidos para nunca solidificar un encuentro con su nuevo país y sentirse enajenado de sí mismo y de su familia en el proceso.

A continuación, comparto el contenido de los tres cuadernos de Marco Solís que incluyen mis títulos y las observaciones que escribí en mi propio cuaderno de apuntes. No cabe duda de que, con esta lectura, la vida de Marco y la mía se entrelazan para formar de dos seres humanos una sola sombra.

Cuaderno uno:

Detrás de una mirada

CRECIENDO EN SILENCIO

Tenía que visitar a mi consejero dos veces por semana. Los lunes media hora antes de empezar las clases y los viernes media hora antes de regresar a casa. Él me decía que no era extraño que sintiera síntomas de cansancio y de fatiga mental. Le llegué a tener confianza al cuate y me atreví a decirle que a veces sentía toques de locura. Él me contestaba que no me preocupara, que la locura no existía. Le decía que debería de irse a recostar unas horas a la playa para tratar de recordar cuando las estrellas eran alcanzables, como lo hago de vez en cuando. Pensé que eso le permitiría tomarme más en serio. Mis padres se lo habrían dicho de otra manera. Ellos le hubieran afirmado que cambio de personalidad como el pronóstico del tiempo. Un minuto soy una tempestad, un diluvio de celos y de envidia que debilitan mi humanidad como se muestra cuando deliberadamente aplasto a pequeños animales frágiles e indefensos. El siguiente soy el Juan Manso que se entretiene dándole vuelta a su globo terráqueo, tratando de acariciar a todo el mundo o llorando por el ala rota de un cardenal. Loqueras, les llama mi padre a mis ánimos. Babosadas, agrega mi madre.

Todo marchaba como siempre en casa. Mi padre se quejaba a su acostumbrada hora por cualquier cosa. Mi madre lo apaciguaba prendiéndole el televisor. Él se hundía en el sillón, callado, abriendo y cerrando los ojos según la programación. Los fines de semana, un poco antes de las once de la noche, se despegaba del sillón para salir de la casa y llegar a la taquería ambulante de la esquina antes de que cerrara. Regresaba a casa con una bolsa llena de tacos de seso y tripa, bastantes para alimentarnos a los tres. Jamás me gustaron sus tacos. Aún con hambre, cada vez que los mordía y los masticaba, me empinaba un refresco para forzarlos a que bajaran rápidamente al estómago, mitigando el sabor grasoso que se pegaba en el interior de la boca. Nunca me gustaron los tacos de seso ni de tripa, tampoco las habas ni las espinacas. Los detestaba.

Mi madre se pasaba el día prendiendo y apagando aparatos eléctricos. Había trabajado tantos años prendiendo y apagando aparatos ajenos que la costumbre de jugar con los suyos le incomodaba y no la dejaba tranquila. No me molestaban las miles de veces que jugaba con los switches de la luz o de los aparatos eléctricos. Con tal de que no interrumpiera la gira de mi tocadiscos, podía tolerar el subir y bajar de sus dedos. "Ya bájale el volumen a esa música", me gritó un día tocando la puerta con los nudillos de las manos. "Imposible bajarle el volumen. Tendrá que venir a quebrar el tocadiscos", le contesté,

40

callado, acostado en la cama, mientras mis puños se enterraban en la almohada. Sabía que lo fuerte de la música le alteraba los nervios, pero no había remedio; necesitaba alimentarme de ella para ahogar el rechinido de la madera al pisarla y de los programas pueriles de las telenovelas transmitidas en el Canal 34 cuyas voces flotaban como fantasmas por el espacio de la casa. Al poco rato, mi madre se cansaba de gritar y regresaba a la cocina resignada a no darle importancia al asunto y a seguirle con la preparación de los frijoles para la cena.

A mi madre le gusta freír los frijoles con bastante queso blanco. Cuando los sirve la mezcla del queso y del frijol se extienden por el plato, aguadándose en un color que me recuerda el de los sesos. Me los como por costumbre, pero sufro una inflamación de estómago que desde años no deja abrocharme bien el pantalón.

Todo marchaba como de costumbre en casa: mi padre comiendo sus tacos o durmiendo en el sillón; mi madre con sus peregrinaciones por el laberinto de la casa prendiendo y apagando switches de luz y de aparatos eléctricos; y yo, en mi cuarto, sufriendo escalofríos, rodeado de pósteres de rocanroleros en las paredes y de revistas de mujeres desnudas debajo del colchón, acostado, inmóvil en la cama, aprendiendo las letras de las últimas canciones de Peter Townshend o de Roger Waters. Dentro de las cuatro paredes consideraba comprender mi corte de pelo, la sombra del bigote, los

41

pantalones de pana y la camiseta blanca que usaba todos los días. Me preocupaba en arreglarme bien el pelo. Era tiempo que me identificara con alguien o algo. Sabía que el ajuste social era mi responsabilidad. Para pertenecer a un grupo no se exige mucho: un pantalón de pana, una camiseta, calcetines blancos y una camisa de algodón Pendleton para abatir el aire fresco de la mañana; se porta bigote; se habla en vernáculo. Sin embargo, ¿cómo encajar forzosamente en un grupo? ¿Cómo ser aceptado sin saber en qué creer?

En la escuela los padres de los estudiantes articulan libremente sus pensamientos. Se comportan de manera natural y segura. Hablan de oportunidades para la juventud y de la necesidad de integrar a los muchachos a los clubes estudiantiles y a los deportes. Los domingos unos asisten a misa, otros a partidos de fútbol americano. Crían a sus hijos sin inhibiciones. Los aconsejan. No estoy seguro lo que los míos esperan de mí. Desde niño he aprendido a lustrar mis zapatos y aunque siempre he tenido la pared cubierta de músicos armados de guitarras, el cuarto lo mantengo limpio y ordenado. Sé que mi madre —aquí lo penoso— sabe de mi caja de zapatos donde escondo las bolas de calcetines viejos que están constantemente mojados o tiesos, según la necesidad de usarlos para descargar los anhelos de mis fantasías. De cualquier manera, los lava y los dobla, colocándolos cuidadosamente en el buró con los menos usados. Cuando lo hace y yo estoy presente, ella evita mi mirada. Yo la de ella. No se habla sobre el asunto. Así, sin decir una palabra, es como intercambiamos la mayor parte de nuestros sentimientos.

Los padres de mis compañeros se desenvolvían con tanta confianza que, en las cenas deportivas de la escuela, me dolía comparar la seriedad de mis padres con el entusiasmo de aquellas personas que aplaudían el trofeo que su hijo recibía por ser el pelotero más valioso o el que mejor representaba el espíritu deportivo del equipo. Yo, como manager del equipo, manager en el sentido de que tenía que repartir toallas y cargar con el balde de agua, antes y después de los partidos; me darían un certificado de participación que no significaba nada para mí. ¿Por qué era tan diferente a sus hijos? ¿Por qué nunca pude conectar el bat con la pelota? Nacimos en el mismo año, quizás en el mismo día y a la misma hora. ¿Por qué en los juegos era mi responsabilidad ser el que los atendía cuando se lastimaban una rodilla o les limpiaba el lodo de sus tacones cuando el campo estaba mojado? Me costaba encajar en sus vidas. Por todo el esfuerzo que les dedicaba para pertenecer a su mundo me bautizaron como el Helpless Dancer. Decían que sabía brincar, que brincaba demasiado cuando me emocionaba o cuando me enojaba, que brincaba todo el tiempo, que mis pies no tenían remedio, que nací con astillas en las plantas. No tenía astillas. Necesitaba moverlos porque se me dormían constantemente. Me cosquilleaban. A veces creía que mis pies albergaban nidos de hormigas. Pero el apodo no me molestaba; al contrario, refrescaba la manera de aceptar lo que era en la vida: un hombre inquieto y frágil, hecho de arena.

Los desacuerdos con mis padres empeoraron este viernes cuando regresé a casa después de asistir a la fiesta de cumpleaños de Paul López. Llegué tarde a casa porque después de salir de la fiesta caminé por la ciudad y me fui a sentar frente al mar. Llegué a casa con sal y sudor pegados al cuerpo. Aún sentía la brisa refrescando el interior de la camisa y del pantalón. Considero estos detalles porque la ropa que uso siempre me ha importado, a pesar de que mi madre se queja de que a mí no me interesa cuidar el color de la pana de los pantalones o la tela de las camisetas.

Esa noche caminé a la casa de López abrigado con la imprescindible chamarra verde que mis primos consideraban anticuada y de mal gusto. Caminé abandonado y perdido, con la nariz chocando con ramas pegajosas de árboles de pirul plantados a lo largo de calles que conocía bien. Caminé al azar, pisando babosas sin concha que se deslizaban letárgicamente por la acera de la calle, imaginándome a mi padre durmiendo y mi madre al lado de él, bebiendo su taza cotidiana de agua caliente para reducir las capas de grasa que la ponen de mal humor. Era viernes y no se trabajaba. Los edificios que se limpiaban durante la semana no se limpiaban ese día.

Se esperaba hasta el domingo para hacerlo. Mi padre nos acostumbró a mi madre y a mí a ayudarle en el trabajo desde que tenía doce años. Las primeras veces que fui, resistí, porque creí injusto andar trabajando, considerando mi edad. Pero unas cuantas palabras fuertes y unos cintarazos calmaron mi rebeldía para siempre. Pronto me resigné a mi suerte y cumplí fielmente con esta obligación. Era difícil trabajar sin que le pagaran a uno un centavo. Sin embargo, mis padres me pasaban dinero cuando lo necesitaba y me permitían caminar por la noche sin tener que volver a enfrentarme a un juez y su jurado; cumpliendo, por supuesto, con un buen comportamiento y una lealtad impecable a la chamba.

La primera noche que fui a trabajar con mi padre no pensé mucho en lo que hacía. Vacié el contenido de cientos de cubetas a la basura y limpié ceniceros de vidrio con papel mojado, secándolos con el soplido débil de la boca. Toda la noche trabajé ignorando la mirada sospechosa de mi padre, una mirada que no dejaba de supervisar mi progreso, una mirada que en mi memoria jamás he podido borrar.

Desde entonces he trabajado con mis padres cinco días por semana, de lunes a jueves y los domingos. Después de ocho años se puede decir que uno se acostumbra a la rutina. Sobre todo, él. Es importante no fallarle. Los días de trabajo es una fiera en su campo de batalla, desempeñando sus estrategias de ataque con crudeza y habilidad para terminar pronto la rutina. Los viernes y sábados es pasivo. No necesito permiso para salir de la casa por la noche: "Con tal de que regreses con el cuerpo entero por la mañana", me advertía al cruzar el umbral de la casa.

Por eso asistí a la fiesta de López el viernes por la noche. El espacio de mi casa, escandalizado por el ruido del televisor, me sofocaba y deseaba mezclarme con personas que aparentaban no tener problemas en sus vidas. Quería pisar las calles que calmaban el hambre que gruñía constantemente dentro de mi cuerpo y escuchar los misterios de la noche que escondía mundos de posibilidades.

He caminado de día y la gente se ha burlado de mí. He levantado el teléfono y he escuchado voces que despiadadamente cuentan pormenores de mi vida: "Es bien bofo; lefio el cabrón", dicen los mexicanos; "One crazy, bato", los chicanos, "A total weirdo", los gringos. Pero considero importantes aquellas llamadas que alguien puede hacer y que, por el momento, no puedo contestar o aquéllas que ya se han hecho y no estuve para contestarlas. En noches como éstas camino por la ciudad tratando de enumerar a las personas que me aman. Y no puedo. Articulo una palabra y se convierte en una oración que considero incongruente con mis sentimientos. He tratado de comunicar mis inquietudes a algunas personas —al consejero de la escuela—, pero cuando quiero hacerlo, los gritos se convierten en inesperados y débiles murmullos.

LO QUE MIS PADRES NO SABEN DE MÍ

Vine a la playa después de la fiesta de López para quitarme los zapatos e inundar los pies en la frescura de la arena. Quería que el ruido de las olas sofocara la voz de mi pensamiento. Deseaba ignorar el canto de los pájaros y el chillido de los grillos que me seguían, sin explicaciones, por el camino hacia ella. Vine a caminar, a suavizar los calambres que enchuecaban mis pasos, a penetrar la mirada en la negrura del mar y construir aventuras memorables.

Hoy caminé más de lo debido. Estaba cansado y me fui a recargar en una piedra grande y aislada, semienterrada en la falda de la barranca cerca del mar. Pensé en Claudia. En besarla apasionadamente. Me quedé quieto, callado. Jugué con las imágenes de la noche. Después de un rato, posiblemente horas, me incorporé de mi cama de arena. Sentí el cuerpo pegajoso. Traía la ropa húmeda y los labios secos y salados. Llegué a casa sintiéndome sucio, atarantado e imparcial a la hora o al espacio en que me encontraba.

Cuando entré a la sala me recibió la luz del televisor, encandilándome por unos breves segundos. Mis padres estaban sentados en el sofá mirando un programa en español. Ninguno de los dos volteó a verme cuando crucé la puerta. Mi madre tosió sin taparse la boca y balbuceó palabras incoherentes hacia el comercial del *Pepto Bismol* que proyectaba una cascada de líquido rosa cayendo en una cuchara que ocupaba el centro de la pantalla cuadrada. Mi padre, como era su costumbre, dormía durante la mayor parte de la programación. Mis ojos, ya acostumbrados a la luz de la sala, descubrieron su cuerpo inclinado en la espalda del sofá, su boca abierta hacia el techo, soplando aire y roncando. Mi madre, los ojos aún fijos en la pantalla del televisor, disparó con enfado las preguntas que ella y yo sabíamos se iban a preguntar: "¿Por qué tan tarde?" "¿Con quién andabas?" "¿Dónde te has metido?" En otras ocasiones, apresuraba los pasos hacia mi cuarto para ignorar las preguntas y yacer boca arriba en la cama o en la alfombra y mirar hacia el cielo en un eterno abrir y cerrar de ojos. Esa noche no lo hice. Permanecí parado en la sala, la espalda pegada a la pared, los ojos fijos en los rastros de cabello blanco de mi madre. Recordaba cuando le preguntaba sobre las *Poquianchis* —las roba chicas— de Guanajuato y de soldados vietnamitas que salían como topos de la tierra para matar al enemigo. Le preguntaba si algún día los comunistas arrojarían bombas atómicas sobre nosotros. "Malditos programas que ves en la televisión, calla niño y ven, acércate", me contestaba. Mi madre me acurrucaba y me protegía de las pesadillas donde me enfrentaba mano a mano con el enemigo en un campo de batalla. Ametralladoras disparaban por noches enteras. La sangre de soldados escurría por sus caras y yo, petrificado, me ahogaba en llanto: "¡Me emociona ver *Combate* y *Twelve O'Clock High*, pero ruegue que no me lleven a la guerra cuando me toque ir!", le decía. Mi madre venía a calmarme, a protegerme con brazos que se convertían en murallas de ladrillo, demasiado altas y gruesas para escalar o destruir con desatinados brincos y puños de cristal.

"¿Por qué tan tarde?" "¿Con quién andabas?" "¿Dónde te has metido?" No había preparado justificaciones. El zumbido que sentía en los oídos me distraía y de la boca salieron palabras incoherentes que quedarían flotando entre nuestros cuerpos. No me sentí capaz de explicarle lo que sentía. Permanecí parado, clavado en la pared con el tacón de mi zapato pisando torpemente el piso. Recordé un momento remoto, uno de tantos escondidos en los laberintos del cerebro, cuando de niño mi madre me arrullaba, confortándome de mis temores y mi padre se arrodillaba, ensuciándose las rodillas del pantalón, para jugar conmigo a las canicas. Allí en esa sala, parado ante ellos, me di cuenta de que, en nuestro presente, lamentablemente, ya no existía el contacto físico. Nuestros brazos, nuestras manos ya no se tocaban. Ahora era una tortilla, una cuchara o una servilleta de papel la que conectaba nuestros cuerpos. Ahora, más que nunca, sólo podía destacar de lejos las canas blancas de mi madre y los ronquidos de mi padre. Los abrazos, los besos, habían dejado de existir desde hacía muchos años.

No recuerdo cómo fue que le dije a mi madre que me retiraba al cuarto. Ella respondió algo, pero la televisión ahogó sus palabras. ¿Fueron sugerencias o un ultimátum lo que me dijo? Planté ambos pies en la alfombra y me froté las manos con el sudor que empezaba a brillar en ellas. Murmuré un desganado buenas noches y caminé por el pasillo para refugiarme en mi habitación. Dejaba a mis padres sentados en la misma posición en la que los había visto cuando entré a la sala, mi padre roncando con la boca abierta hacia el techo, mi madre seria y atenta a su programa en español.

Conocía bien mi cuarto. Todos los días era testigo de los rincones que acumulaban motas de polvo. Desde mi cama podía ver las arañas grandes y patonas que, por semanas, colgaban, inmóviles, en la pared. Yací boca arriba enfocando los ojos en los pliegues de los pósteres de The Who pegados en la pared. Tenía ganas de escuchar música y me bajé de la cama para seleccionar un disco que me ayudara a calmar mi estado de ánimo. Las palabras de las canciones de amor y de rebeldía que escogí me transportaron a mundos fantásticos. La música era fuerte, pero a la vez tierna y conmovedora. Regresé de nuevo a la cama que no tenía nada de extraordinario. Había leído en una antología de literatura en español sobre odas a beatos sillones y a la cebolla, pero no encontré ningún recuerdo conmovedor que glorificara mi cama. Había dormido en ella durante años. De niño la oriné varias veces. También derramé vómito. Pero la neta es que nunca fue parte de mis sueños. La cama no me ofrecía alivios ni torturas. Sólo existía como cualquier pieza de mueble inanimado donde por las noches me había acostumbrado a descansar los huesos.

Pensé en Claudia y recordé una telenovela que veía a los ocho o nueve años, cuando mis padres se iban a trabajar y me dejaban solo en casa. La historia se enfocaba en un tal señor Gutierritos, un modesto oficinista, quizás un contador, que era fiel a sus principios y a su humildad. El hombre era tímido e introvertido. Jamás supo expresar sus sentimientos con facilidad. Por consiguiente, vivió su pasión por la vida en silencio. En verdad no me acuerdo mucho de la historia, ni del principio ni del fin, sólo recuerdo que este hombre diariamente parecía arrastrar —con el cuerpo y el alma— varias toneladas de pena hasta el último capítulo de la novela. Quién sabe cuál sería su pecado o la razón de su triste destino. ¿Por qué es difícil para algunos comunicarse con seres humanos, a pesar de hablar bien en español y en inglés? A mí me cuesta hacerlo. Quizás sea porque trato de descifrar mis palabras antes de desencadenarlas del pensamiento. Tal vez esto es lo que le pasaba a Gutiérrez.

En la cama escuché la música con los ojos cerrados. Un escalofrío inesperado forzó un leve movimiento en la pierna derecha, a la vez que una voz desconocida salía sigilosamente de la bocina del aparato estereofónico. Un murmullo no inteligible se convertía en palabras imperativas de un personaje que me hablaba y me conocía bien. La canción que escuchaba narraba un trozo de la historia de una escena extraordinaria, la de un hombre que corría por las hileras anchas de un supermercado. Corría en busca de algún alimento que le pudiera endulzar el paladar. Se encontraba con madres jóvenes y viejas que compraban carne congelada y leche de polvo. Corría dentro de espacios silenciosos y tensos. En las portadas de las revistas que miraba se anunciaba en letras mayúsculas que el mundo terminaría en los próximos cinco años. El mundo se fragmentaba y nos quedaban sólo five years para seguir sufriendo dentro de él. "¿Tienes la capacidad de comprender lo que estoy sintiendo?", preguntaba la voz fantasma que salía de la bocina. Desesperado por alimentarse lo más que se pudiera de la vida, el hombre que me hablaba entró a su casa y, frente al televisor, los locutores de las cadenas nacionales le afirmaron que el mundo en verdad terminaría en poco tiempo. Le informaron que hombres de saco y corbata lloraban abiertamente y estaban atentos a las consecuencias de la noticia fatal. Regresó a la calle para disfrutar de las voces de la gente —de niños, jóvenes y adultos— que, resignados a su destino, recordaban sus canciones favoritas. El hombre quería participar en los juegos favoritos de su niñez, los juegos de canicas, el de los encantados, de dodge ball. Acompañó a las muchachas que entraban desesperadas a los cines y a los salones de belleza. Por una ventana su mirada se clavaba en las señoras amas de casa que planchaban y acariciaban con la mano la ropa que las hacía sentirse importantes. Destacó a los hombres que compraban el periódico para leer la sección deportiva. Unos estudiantes universitarios mostraban sus pancartas de paz a unos policías que comían su desayuno en restaurantes modestos de comida mexicana. En la esquina de otra calle lamentó el brazo roto de un soldado que no apartaba la vista de las llantas de un lujoso Cadillac. En la misma cuadra presenció las rodillas de un policía tocar el cemento de la acera y doblar el cuerpo para besar los pies de un sacerdote católico. Escuchó miles de teléfonos timbrar simultáneamente y la exclusiva voz de una operadora tratando de contestar todas las llamadas locales y de larga distancia en español y en inglés. Todo el mundo se movía de un lado para otro, tratando de aprovechar cada segundo de su vida. Tanta actividad de tanta masa humana lo obligó a que su cerebro se forzara a empaquetar todos los detalles que vivió ese día. ¡Tanta gente! ¡Tanta cara! ¡Tanto ademán! ¡Jamás pensó que sentiría la necesidad de absorber los detalles cotidianos de tanta gente! Empezó a llover, a hacer viento, a refrescar y el personaje sintió frío. La valentía de estar expuesto a la lluvia y a otros elementos naturales lo hizo sentirse importante y desarrolló el papel de actor de cine. Pensó en su madre. Quería regresar a su vientre. Se imaginó las facciones de su cara —la redondez, el color, las arrugas—, la de toda su raza mestiza y visualizó esperpentos jamás vistos. Recordó el primer beso que le dieron y las primeras palabras de amor que él ofreció a un recuerdo sin cara. Rogaba que la gente caminara con él. Por los siguientes cinco años invitaba a que lo acompañaran en el transcurso de esta jornada fatal.

Cansado de escuchar más canciones que terminaban en cinco o menos minutos, aflojé los zapatos con el talón de cada pie y puse atención a los golpes sordos que causarían al caer en la alfombra. La mezcla del ruido y del silencio del mundo exterior penetró por las ventanas y las paredes. Oí el chillido de los grillos, el motor de una lejana avioneta y con menos tolerancia, las voces de los artistas de la telenovela que mis padres miraban en la sala.

Alcé la cara buscando el switch de la lámpara de pantalla amarilla que iluminaba el cuarto. Lo apagué y oí varios artículos chocar, otros caer del buró con el movimiento del brazo dormido. Las cortinas estaban abiertas y penetró una luz blanca que mantuvo mi interés por varios segundos. Acomodé la mejilla derecha en la suavidad de la almohada. Los ojos se cerraron y me concentré en revivir la imagen de Claudia. Construí mi propia historia y me asigné director y protagonista de ella. Claudia me ofrecía sus brazos. Bailamos un largo rato hasta que la presencia de un desconocido nos separó. Intenté borrarlo de mi historia de amor, pero su imagen fue imposible de desaparecer. Luché por botarlo del cuadro que yo manipulaba, pero fue inútil el intento. De pronto todo desapareció y una negrura completa borró a mis personajes. Me sentí rechazado. Sentí un inexplicable coraje que excitó mi cuerpo. Me incorporé de la cama para buscar a tientas la caja de zapatos que guardaba en una esquina del tocador donde mi madre colocaba los calzones y los calcetines que doblaba una vez por semana. De allí saqué un calcetín que me acompañó a la cama con la intención de unir las manos al más inmediato alivio que a fin de cuentas produce la más rápida fatiga.

Me quedé dormido con la ropa puesta, cobijado con una colcha decorada de flores y con un calcetín oscuro que apretaba tiernamente entre las manos.

RASTROS DE ARENA

La piedra

Me gusta creer que estoy sentado en un trono construido de piedra fina. Pero la realidad es que me encuentro llenando el espacio de un pequeño hueco de una piedra colosal pensando en la simpleza de mis días. Es una piedra grande y áspera, expuesta fatalmente a los incesantes trancazos de las interminables olas del mar. Es una de esas piedras que los años no pulen y el agua no la trabaja para producir una lisa y duradera. Esta piedra es frágil y porosa, una que el tiempo y el agua desmoronan sin misericordia. Poco a poco el agua carga con su fuerza los minúsculos fragmentos de minerales que la componen para mezclarlos con los granos de fina arena de playas solitarias, un proceso desalentador y misterioso que fascina y, a la vez, causa dolor.

En mis momentos de desesperación es necesario nadar hacia la piedra que desde la playa muchos vemos y pocos nos atrevemos a ocupar. Es una pequeña isla de ilusión y de amparo, situada no muy lejos de la orilla de la playa. Arriba de ella, empapado por el agua salada y fría del Océano Pacífico, me siento pequeño ante la grandeza del mar y de la noche. Vengo a embeberme en lo desconocido. A llenarme de oscuridad y presenciar la destrucción de su negrura con el amanecer de un nuevo día.

De incógnito

Hace días caminé al azar por mi barrio, pisando babosas desnudas que cruzaban por la acera de la casa. Más de una vez, intencionalmente, despegué unas de las hojas de los geranios para estrellar sus conchas contra el cemento o para girarlas al cielo y, con anticipación perversa, escuchar su frágil concha explotar contra el piso. A veces caen en el césped y no se escucha más que el llanto de los detestables grillos que nunca en la vida he podido uno atrapar.

Caminar por las calles oscuras de la ciudad es un deleite para los ojos y para la nariz. Por la noche las sombras de los árboles cuentan historias que ciegan la vista y sofocan las humildes intenciones de descifrar su misterio. El olor dulce y penetrante de las magnolias y gardenias se mezclan con el de los orines incógnitos que nutren los recuerdos. Alguien en el pasado ha disimulado grandezas, quizás ha malinterpretado fracasos al caminar por esos pedazos de concreto que enfrían los pies. Muchas noches me he recostado en la playa mirando hacia arriba, tratando de remover estrellas con una oleada de mano, transportándolas en grupitos a puntos más oscuros del cielo. Al caminar no se pueden manipular los sueños heroicos, es casi imposible; sólo se pueden borrar las sombras que se entrecruzan en el camino o pisar los cuerpos vivos de animales pequeños, tal como lo hago con las babosas que, pensándolo bien, sufren más bañándolas con puños de sal.

En noches como éstas camino por la ciudad tratando de enumerar a las personas que saben que existo en este mundo, que me toman en cuenta y se preocupan si me entran o no los conceptos de la ciencia o de las matemáticas. Lamento confesar que me tortura esta consideración porque no existe ese número y esto afirma el vacío que siento dentro de mí. Articulo una palabra y se convierte en una oración que considero incongruente con mis sentimientos. Cuando trato de compartir mis inquietudes con alguien, los gritos que explotan dentro de mi cuerpo se convierten en murmullos que salen flotando débilmente de mi boca hacia los oídos de gente que aún no conozco.

Un sueño

Un sueño calculado. En la cama me hundo en la negrura de la noche, abrazo la almohada y mojo la tela con la humedad de mi boca. Los ojos penetran la oscuridad. Un hombre camina apaciblemente por un desierto que he visto en innumerables películas de vaqueros o de guerras mundiales. Su caballo, cansado y letárgico, raspa la tierra dejando en el camino huellas frágiles y polvorientas. De su frente morena, estampada con una larga y fina mancha blanca, desliza un sudor cristalino que se une con la espesa baba del hocico para luego caer y humedecer un pedazo de la tierra árida que pisa. El caballo no es un caballo mago de color blanco nuevomexicano. Aparte de esa mancha en la frente, el caballo es del color de la tierra. Es verdadero. Es mortal. Cuando muera, su carne alimentará los animales del día y de la noche. Los huesos, porosos y quebradizos, serán expuestos a la tierra caliente del desierto, esparcidos al azar por la fuerza del viento. Otros quedarán para siempre enterrados.

Veo al hombre aproximarse al borde de una barranca. Una barranca impresionante, similar a las que existe en Canyon de Chelley en el noroeste de Arizona. Cañones rebanados como trozos de pasteles de tierra mojada o de lodo. Saltar de ella no es rebotar los huesos torpemente por miles de piedras y caer al fondo con la boca torcida. El cuerpo no maromea. Los ojos no escudriñan los minerales que componen la existencia de las piedras ni fotografían los paisajes que los rodean. Brincar de la barranca no sería aterrizar fragmentado, como un costal de huesos quebradizos.

El hombre camina estoicamente hacia el borde de la barranca acompañado por el viento y un cielo azul esplendoroso. Desde arriba distingue la anchura de las alas de un águila. Mide con el pulgar y el índice de la mano derecha el tamaño de los árboles y curvea horizontalmente la misma para trazar el hilo de agua que cubre la cicatriz de un río. Callado y firme, considera brincar. Espera volar y flotar por el aire. Espera aterrizar de pie sobre la tierra, para luego subir y brincar de nuevo por la barranca, repetidas veces.

Mi ciudad

Santa Bárbara está situada en un espacio bendito, protegida por las montañas Santa Ynez y por el Océano Pacífico. Su historia es una llena de romanticismo y fantasía creada por la necesidad de encontrar un paraíso utópico aquí en la tierra. Es limpia, detalladamente conservada y sus edificios comerciales son joyas codiciadas por inversionistas sin escrúpulos. Cuando hay necesidad de hacer cambios sus dueños reconstruyen la fachada y remodelan su interior para adaptarse a las nuevas generaciones de turistas que la visitan. Brownie's Grocery Store se convierte en Picadelly Square; después en The Prolific Oven, en el transcurso de un año. Existen pocos edificios que aún reconozco de cuando era niño porque la ciudad cambia de imagen con demasiada frecuencia. Sólo los árboles, el día y la noche, los edificios históricos y la playa son intocables. Todo lo demás es efímero.

La mayor parte de los edificios públicos de esta ciudad están pintados de blanco. Tan blanco es el color que la suciedad de una mosca podría fácilmente destacarse en una de sus paredes. Aquí mi color moreno es altamente visible y, sin embargo, existo desapercibido. De noche la ciudad está llena de postes de luz que impiden realizar el deseo de caminar en completa oscuridad. Vivo incógnito y lo que no veo o lo que no está a mi alcance lo puedo justificar con menos titubeos. Me estimula la noche por la posibilidad de que algún misterio me pueda sorprender, de que en cualquier momento algo o alguien salga detrás del tronco de un pirul y cambie mi vida.

Todo es un engaño en esta ciudad. Todo menos el día, la noche, la montaña y el mar y algunos otros elementos relacionados con ellos. Cuenta la historia que el hombre blanco, con hambre de arrebatar la tierra y de comercializar balnearios se adueñó de mi ciudad en el siglo diecinueve. Los libros de historia dicen que esta gente vino en manadas a plantar palmeras y árboles magnolia y robles que crecerían derechos, altos y sólidos cien años después por la State Street y el Cabrillo Boulevard. De estas conquistas se ha escrito una historia fantástica con títulos en español y contenidos en inglés que apenas empiezo a descifrar. Desde entonces la ciudad se atreve a presumir de una tradición netamente española en una tierra inicialmente habitada por indígenas y mestizos.

El caminar por la ciudad

En esta ciudad no se camina por el gusto de caminar. Sólo los turistas que vienen de grandes centros urbanos lo hacen. Y cuando se hace, se camina por espacios cortos. Es muy difícil perderse dentro de ella. Si alguien quiere extender su camino es necesario caminar lentamente y creer que uno camina largas distancias para llegar a un lugar. Como no hay destinos gloriosos por conquistar se inventan aventuras épicas y románticas. A mí me da por caminar construyendo o imaginándome letras en la calle, de tal manera que, cuando quiero pasar por la casa del vecino, camino trazando la imagen de una "O" cuadrada. El domingo que fui a misa caminé escalando las líneas horizontales de una "E" mayúscula. Cuando no tengo ningún lugar a donde ir me lanzo a caminar en una "i" sin punto. Anoche la meta era la playa y de la casa de López caminé por el esquema mental de una "H" mayúscula. Escojo las letras de acuerdo con el tiempo que deseo aprovechar o perder en la búsqueda de la gloriosa victoria de una conquista inventada.

Andar a pie

En películas, en la tele, en mi escuela parecía que todos los muchachos tenían algo en que movilizarse de un lado a otro. Carros, motocicletas, bicicletas o patines eran decorados con etiquetas florecientes o con luces de color rojo o azul que, en serie, se prendían y apagaban alrededor de placas cuadradas. Parecía que yo era el único en andar a pie por la ciudad en mis Converse blancos, descoloridos y gastados. Los muchachos me recordaban a los personajes que actuaban en películas donde jóvenes construían grandes fogatas en las playas de Malibú y de Zuma Beach. Ellos paseaban a sus novias en Mustangs, Camaros, dune buggies y motocicletas Honda. Mis pies desconocían la velocidad de estos vehículos pero los codiciaban. Para igualarme a ellos, una vez pinté alitas a los lados para darles la potencia y la velocidad sobrehumana de un Mercurio chicano. El deseo fue pasajero al darme cuenta de que la pintura no me ayudaba a sobrepasar mis desventajas.

Traducción libre y personal de una canción escrita en inglés al español (I)
("Paranoid Eyes", Roger Waters)

Abotona el labio. No permitas que el escudo que protege tu cara se

64

derrita. Ajusta la máscara de acero que rechaza balas y misiles. Si tratan de romper tu disfraz, recurre, acércate y sobre todo, escóndete detrás de esos ojos pavorosos. En el pasado creíste en historias de fama y de gloria. Ahora estás perdido en laberintos de juegos mentales. La gloria prometida, tu salvación, resultó pasarse en una nube. Escóndete, quietecito, escóndete con dulzura, detrás de esos ojos café de mirada agradable.

Mi cuarto

En mi cuarto encuentro un espacio singular. Detrás de la puerta siento que nada puede conquistarme. Son breves los momentos en que considero esto, pero hay ocasiones en que doy gracias por ser el único hijo de la familia. Entrar en la recámara y no encontrar a otro ser es salvarme la molestia de justificar o de fingir un comportamiento adecuado. Mi soledad sería más aguda, quizás más trágica porque tendría la presencia cotidiana de un espectador que se burlaría de mis inseguridades. Por otra parte, jamás consideré que al tener un hermano mi soledad sería compartida con otro ser humano; por lo tanto, calaría menos. Sin embargo, compartiéndola, sentiría a mi soledad menos épica y gloriosa. De todas maneras es un alivio para mí entrar en un cuarto cubierto de pósteres de deportistas y de rocanroleros sin que nadie me moleste o me niegue la palabra. Felicito la necesidad de sentirme libre. Lo que no comprendo es la manera en que trato de manifestarla. Hablo conmigo mismo, fuera y dentro de mí, en los confines de las cuatro paredes de la habitación. Gozo de mi tiempo libre, que suelo tener con abundancia.

Lo que mis padres no saben de mí

¡Jamás he existido en un solo pedazo! Si supieran lo fragmentado que me siento, lo frágil que siento las piernas, todo el cuerpo, como si fuera un hombre pegado con granitos de arena, me hubieran ignorado con toda justificación. Tal vez creerían que no valdría la pena que trataran de ignorarme por completo; preferirían echarme un bote de agua para destruirme.

Mis padres no saben lo frágil que soy, nadie lo sabe, únicamente yo. Y prefiero seguir actuando como idiota antes de que esta debilidad se descubra.

Lo que yo no sé de mis padres

¿Es necesario pasar por este proceso de la vida que en el futuro quizás no tenga sentido? ¿Me torturo? ¿Es posible que esté fabricando problemas que no existen? Y si son problemas, ¿son tan extremos como me los imagino? Por ejemplo, ¿por qué esta actitud de enfado hacia la casa? ¿En verdad me molesta que mi papá me ignore y que se duerma enfrente de mí con la boca abierta y el televisor prendido? ¿Me importa que mi mamá sea dolorosamente callada? De seguro ellos ven las cosas desde otro punto de vista y es angustioso tratar de decidir quién tiene o no la razón. "Estudien la historia de su familia", nos decía un profesor en la escuela. Pero, ¿cómo puedo aprender de ella si se me presenta en un rompecabezas de mil piezas y en pocos colores? ¿Qué sé de mis padres? Muy poco. He visto algunas fotografías descoloridas donde están sentados en la plaza central de Durango, México. Supongo que entre ellos existió un primer delicado abrazo y un apasionado beso. Que hubo un "tú eres todo para mí". Lo lamentable es que no me tocó ser testigo de estos momentos sentimentales. De bebé me daban de comer en la boca y me levantaban cuando me caía tratando de tomar mis primeros pasos. Posiblemente en un momento de compasión sus manos rozaron mis mejillas con tiernas caricias. ¿En qué momento en la historia de nuestra familia se interrumpió esta muestra de cariño? No lo recuerdo. Ésa es la gran tragedia, no puedo recordar más que las palabras de mis padres articuladas con desconfianza.

No encuentro respuestas que puedan explicar mi pasado.

No conozco la historia lo bastante para poder señalar el inicio de mi enfado de vivir en casa. Necesito saber de mí, pero los protagonistas que pueden iluminarme están en una triste e interminable huelga de silencio. ¿Hasta cuándo decidirán romper con él? ¿Hasta que otra fuerza, más contundente y poderosa, les ofrezca la oportunidad de hablar? Esto sería esperar por un largo tiempo, posiblemente hasta la muerte o hasta que algo sobrehumano los despierte de su entorpecimiento.

El silencio

El silencio de la noche es mi aliado. Penetra en mí sin preguntas o rencores. No intenta perjudicar. No ofrece ambigüedades. Existe. Es exclusivo y quiero creer que me pertenece. Sentado en esta piedra el silencio gira piadosamente a mi alrededor y se une con el agua del mar para producir otro silencio. El silencio que siento es un silencio más allá de lo profundo. Flota alrededor mío, chocando suavemente en movimientos inoportunos por toda la cara. El silencio esconde gritos y voces de toda una ciudad. En algún lugar de ella, en un rincón, alguien ama o llora y nadie lo sabrá. El silencio que gira a mi alrededor hace comunión con el mar, apropia una voz que me habla sin preferencia a una sola lengua. Me habla del ayer y del hoy en sonidos que penetran delicadamente.

Es cierto que en presencia de otra gente no sé hablar en voz alta. Únicamente en mi soledad puedo hablar dentro de mí —comprendiéndome o traicionándome— con mis propias palabras. En la oscuridad mis palabras flotan por el aire espeso de la playa. El mar que veo y no veo es el cuerpo de una sombra que las recibe y las hace vibrar de emoción, que las alimenta y protege.

Traducción libre y personal de una canción escrita en inglés al español (II)
("Thunder Road", Bruce Springsteen)

No puedes esconderte dentro de tus cobijas y estudiar tu dolor o tirar rosas a la lluvia. Muestra un poco de fe porque existe magia en la noche. Si estás dispuesto a caminar la puerta estará abierta. Pero ponte alerta porque el viaje no será libre de penurias. Conozco tu soledad y en la necesidad que tienes para escuchar las palabras que aún no articulo. Esta noche será de libertad y todas las promesas serán rotas. Fantasmas llenarán los ojos de aquellos que te rechazan y penarán por el camino que conduce a los recuerdos.

Un hombre colonizado

Me siento como el hombre colonizado que sigue sofocándose

en sus propias protestas. Nadie lo escucha. Sólo le apuntan los dedos y lo destacan como el inconforme de la sociedad. Por eso deseo caminar, endurecer los músculos, trabajar los tendones e hinchar las venas con sangre purificada. Necesito estimular un movimiento, caminar por las calles y las avenidas con la idea de aprovechar la función de los pies.

Cuando camino por la playa me entran unas ganas ubérrimas de correr a toda velocidad, de brincar por obstáculos imaginarios, de caer y revolcar el cuerpo por la arena y lanzarme hacia el mar. Sueño correr tan rápido que puedo escalar barrancas y piedras sin el peligro de resbalarme y llegar a su cúspide para seguir avanzando hacia el espacio.

Una vez soñé que mi cuerpo arrancaba por la entrada de una carretera y que mis pies desafiaban a los carros que se deslizaban por ella. El movimiento de mis piernas fluía como una máquina bien lubricada y los dejaba atrás. Nadie me podía alcanzar. En una hora estaba en San Luis Obispo, en otra en Salinas, en Santa Rosa, en la frontera con Oregón.

El cantar canciones en inglés

No sé cantarlas en voz alta. Cada vez que lo intento me da vergüenza el resultado. Para mí es mejor memorizar la letra de las canciones y cantarlas dentro de mi mente. La mayoría de las veces las traduzco mentalmente al español para sacarle más jugo al significado. Traducidas se transforman en dos canciones diferentes, dos interpretaciones para dos personalidades. Supongo que, de esta manera, mi identidad tiene doble importancia.

Las palabras de mi papá

Las palabras de mi papá nunca son acertadas. Entran en mí como clavos oxidados que molestan cuando se ven y pudren cuando penetran.

Una voz en la oscuridad de la noche

Mi mamá me ha dicho repetidas veces que no sea terco, que cambie el estilo de los pantalones que uso. Yo la ignoro e insisto en comprar pantalones de pana gris, roja, azul o verde. Mi pana favorita es la que uso ahora, la negra. Trato de convencer a mi mamá lo importante que es para mí usar este tipo de pantalón. Se pueden usar por días sin notar o sentir la mugre; además son cómodos y duraderos.

En momentos como éstos, que puedo pensar y pensar y hablar en voz alta conmigo mismo o al mar, me gusta entretener las manos resbalándolas por las piernas y dejar que los dedos aplanen las rayitas de pana del pantalón. Después encajo las puntas de las uñas para sentir la carne de la pierna. Es impulsivo lo que hago, sólo hasta cuando el pantalón empieza a perder su color me doy cuenta de lo que hago.

La mente vaga y hablo en voz alta. Platico conmigo en lugares como éstos porque sé que mi voz se mezcla con la fuerza del mar y no rebota en los oídos de nadie. Vengo a recordar pormenores que posiblemente me expliquen los sentimientos ambiguos que corren acelerados por las venas de mi cuerpo. Necesito sacarlos para purgarme de los más peligrosos. Es posible que lo que articulo en voz alta no sea una verdad, que lo invento para alterar imágenes que se me presentan fragmentadas. En un grito quiero lanzar las palabras que me dañan y purgarlas de mi cuerpo. El liberar los pensamientos ofrece la oportunidad de que alguien fuera de mí los pueda escuchar.

Pocos días de grandeza

Pocas han sido las veces que me he sentido verdaderamente importante. Mis días de grandeza son pocos y esos son mayormente fabricados por los sueños. Sólo cuando los pies se cobijan con la arena de la playa siento que puedo realizar historias épicas. Por lo general, las voces que me hablan, dentro y fuera de mí, me traicionan. Ellas insisten en recordarme que soy una persona de sueños inalcanzables, que le hace el amor a mujeres de papel o a calcetines de algodón, convenciéndome de lo pequeño que soy aquí en la tierra.

Una esperanza derrotada

En una ocasión, en un angustioso esfuerzo por romper mi timidez, había tratado de autoalimentarme con palabras forradas de esperanza que había recogido en libros sagrados que ojeaba cuando acompañaba a mi madre a prender sus veladoras en la iglesia católica de nuestro barrio. "Mend your broken wings", creo haber leído en una página. No recuerdo si la oración estaba escrita de esta manera. Recordaba leer las palabras "broken wings", pero no estaba seguro de la parte de "mend" o "your". Es posible que haya reconstruido la frase. Qué importaba. Me gustó el mensaje y se quedó grabado en la mente para siempre. Empecé a leer más libros y descubrí frases similares a ésas que me levantaban el ánimo y la confianza de ver la vida de una manera más positiva. Me sentía tranquilo y lleno de esperanza, tanto que estuve dispuesto a compartir mis sentimientos con uno de los consejeros de la escuela. "Relájate", me dijo la primera vez que lo visité. "Yo te ayudaré en lo que pueda, por lo menos a que liberes algunos de los fantasmas que te agobian".

La primera vez que lo visité el encuentro fue breve. Me preguntó algunos detalles personales, algo sobre el origen de mis padres, de su salud mental y si antes había estado enfermo o si tenía problemas académicos. Por un mes nos juntamos los lunes. Después de la cuarta cita, cuando supo más intimidades de mi vida, empecé a tomarle confianza y me dio por verlo dos veces por semana. Las citas jamás fueron obligatorias. Si por alguna razón faltaba a una no me reportaba a la administración ni me mandaba llamar al salón de clases. Después de dos meses de escuchar sus explicaciones sobre mi manera de ser, sentí una serenidad tan profunda que vi la necesidad de verlo más seguido.

"Lo tuyo no es loquera", me decía en inglés. "No existe la loquera. Lo que pasa es que te sientes atrapado en tu casa y no encajas en tu ambiente. Tú necesitas luchar por lograr una armonía mental. Tienes que valorarte y cultivar un espíritu positivo que alimente tu fe. Debes conocer el mundo en que vives y hacerlo tuyo. Estas deben ser tus metas para lograr esa tranquilidad que es vital para tu crecimiento humano. Hay que intuir cosas inesperadas y saber enfrentarlas". Le pedí que me explicara eso de acostarme en la arena y tratar de arrancar las estrellas del cielo.

"Lo más lejano para ti es lo más real", me contestó. "Por

lo tanto el espacio entre ellas y tú es abrumador. Pero ten paciencia. Disciplínate y ten paciencia. Algo habrás de alcanzar".

Fui puntual a todas las citas y atento a las palabras de aquel hombre. "Lee mucho", me aconsejaba. "Lee mucha historia, conoce a tu gente, a tu comunidad, a tu ciudad y, sobre todo, conócete a ti mismo, valora tu mestizaje. Escribe un diario, recorta noticias de los periódicos y pégalas en un álbum de recortes. Empieza a construir o a reconstruir tu propia historia. Crea monólogos interiores y exteriores. No temas preguntarte cosas y responderlas tú mismo al aire libre. Ríete de ti mismo. Aprende a no tomarte tanto en serio. Disfruta el proceso. Tu sonrisa moverá montañas".

Empecé a creer en sus palabras y varias noches soñé que era un hombre emancipado, parado en el borde de una montaña, listo para brincar de ella y volar libremente por la grandeza del espacio. La atención que estaba recibiendo de este hombre y el cambio positivo de expresión en mi cara terminó con el simple "estás cambiando, putillo, ¿no nos digas que ya te cogió el maricón?" de mis primos que también eran mis compañeros de clase. Eran absurdas las acusaciones y al principio tuve la fuerza de ignorarlas. Pero no pude tolerarlas por mucho tiempo. Era imposible no toparme con los primos y cada vez que los veía, me sentía tentativo y más vulnerable a sus comentarios. Pronto las reuniones con el consejero me incomodaron tanto que un día, así de fácil, dejé de asistir a las consultas.

En la misma piedra

La esperanza de entenderme y de encontrar respuestas a mis acciones fue la razón por la que permití que el mar me arrullara en esta noche sin luna. Quería tomar control de mi situación y nadé hasta la piedra donde ahora me encuentro sentado, pensando en fragmentos de mi vida que por años he tratado de conectar y que ocupan la mayor parte de las preocupaciones de mi presente. Estoy aquí para soltarlos al aire y liberarme de ellos.

Nadé hasta esta piedra porque, desde que recuerdo, ha representado un punto de enfoque en las miles de peregrinaciones que he hecho por la playa. Es una piedra inhabitable, olvidada por la historia, que no existe en ningún mapa topográfico. Antes, quizá cientos o miles de años, esta piedra era parte de tierra firme, así como lo son ahora las frágiles colinas en las costas de esta ciudad que se van desmoronando con los golpes cotidianos de las olas.

Estoy sentado a espaldas de la ciudad. Quiero evitar sus luces y los faroles de los carros que se mueven y distraen el enfoque de la mirada alternando entre la negrura del mar y el punto distante de una estrella. Pienso y reconstruyo mi pasado con el propósito de poner orden a un caótico desorden. Es absurda esta consideración. ¿Cómo poner orden a las estrellas, a los pedacitos de arena o a las olas del mar? Así es mi vida.

No la puedo organizar en capítulos congruentes. Lo único cierto es el número de horas, de semanas, de años que pasan y no regresan, pero que parecen repetirse en círculos. Mi vida quizás sea eso, un progreso linear que se mueve en círculos, rebota y da vueltas por caminos bajo la protección de una burbuja que me impide respirar el aire externo de los más afortunados.

Por ahora sé que la noche y el mar, la playa, toda la fuerza de la naturaleza, me acompañan y me tranquilizan porque sólo aquí siento que importa algo la vida. Aquí existo, puedo tocarme y sentir la palpitación en las sienes. En la playa nada de lo que se toca es previsible. Por eso en la arena escribo deseos y maldiciones, porque sé que con la fuerza de una pequeña ola desaparecen sin la aprobación o el rechazo de la gente. En la arena nada se materializa como se planea, tal es la fuerza de mi pensamiento y de mi desorientada mirada.

Quizás mi padre tenga razón al pensar de mí como un muchacho introvertido e inútil. Pienso demasiado las cosas, lo sé; sin embargo, mis gozos más palpables son aliarme con el pasado, revivir recuerdos y, sobre todo, caminar y dar vueltas por las mismas calles que conozco desde niño.

En la noche el mar aparenta transformarse en un misterio menos descifrable; palpita con la fuerza de olas de diferentes tamaños que en la tierra formarán los granos de arena que, al fin de cuentas, en conjunto, se ven igual. Sólo la piedra donde me encuentro sentado es diferente. Desde niño su presencia me cautivaba y presumía ser inalcanzable. Hoy, por primera vez, me atreví a cruzar el espacio de agua que la separa de la playa. Nadé hasta ella y cuando llegué las manos acariciaron sus lados mojados y resbalosos antes de subir y sentarme.

La piedra es tangible y humana porque siento el peso de mi angustia. Me siento en ella de tal manera que me protege de las luces de la ciudad y de la fuerza del viento. Estoy a su misericordia porque me presento agotado y vulnerable, confesándole que soy un hombre sin sombra. Le digo que me hable y me conteste en la manera más simple y directa. Deseo comprender por qué me gustaría creer que estoy sentado sobre un trono hecho de piedra fina. Pero la piedra no me contesta. La realidad es que el pequeño hueco donde estoy sentado es un tétrico refugio donde la piedra no tiene la capacidad de desplomarse ni de tirarme al mar o de tragarme y hundirme en sus entrañas. Su humanidad requiere la voluntad de un milagro.

La espera

La brisa del mar es fresca y siento escalofrío. Mañana será otro día y tendré que esperar toda la noche, trepado en esta piedra húmeda, para presenciar la salida del sol. Quizás no quiera esperar tanto tiempo y decida esperarla en el fondo del mar, cobijado bajo el peso de toneladas de agua salada. Pero no sé lo que pase mañana. Lo que sí sé es que en este momento estoy sentado en ella, apartado de tierra firme, de espaldas a las luces artificiales de la ciudad, mirando la oscuridad, lejos de mis padres, escuchando el silencio del mar mientras sus olas pasan por esta piedra, una tras otra en capas, unas más grandes que otras, para seguir su camino y culminar en un descanso a la orilla de la playa, contribuyendo en ella granos minúsculos de arena fina que, si lo deseo, en un futuro, cargarán fragmentos microscópicos de mis huesos, o de nada.

Traducción libre y personal de una canción escrita en inglés al español (III)
("Drowned", The Who)

Hay hombres en el mar que pescan y viven su vida cotidiana sin angustiarse de lo que les traerá el mañana. Sé que existe un mundo ancho y ajeno y desconozco su grandeza. Por ahora, aún no se me presentan indicios que indiquen quién pueda ser mi héroe en esta vida. ¡Ay!, déjenme deslizarme suavemente por la superficie del océano. Déjenme regresar al mar en busca de perlas. Déjenme ser una tempestad, pero también déjenme sentir serenidad dentro de ella. Dejen que la marea se apodere de mí y me libere de toda pena. (…) No soy un actor. Esta no puede ser mi escena. Pero la realidad es que estoy sumergido dentro del agua y según lo que veo, rodeado de una oscuridad infinita.

OBSERVACIONES DEL CUADERNO UNO
CONOZCO ESAS CANCIONES

Cuando conocí a Marco él era un estudiante reservado e introvertido. En la clase de español avanzado del Padre Alonso participaba poco aunque sabía bien la lengua. El padre le preguntaba cosas fáciles como: "¿De dónde es tu familia? ¿Cuáles son tus pasatiempos favoritos?" y otras preguntas que ayudaban a conocer un poco a los compañeros de clase. Pero Marco no elaboraba en las respuestas. Siempre eran cortas y al grano: "Mi familia es de México", "Me gusta escuchar música" y después callaba. Prefería observar y escuchar a otros batallar con la gramática y la pronunciación, pero dispuestos a elaborar cosas interesantes de sus vidas.

Como muchos mexicanos que vinimos de pequeños a los Estados Unidos, Marco vivió una doble identidad cultural. En la casa se hablaba español y se practicaban las costumbres mexicanas. Sus padres no sabían inglés y trabajaban todo el día para ganarse la vida. Su madre limpiaba casas y su padre la hacía de jardinero durante el día y de janitor de noche. Según Marco su niñez duró muy poco; primero porque en su barrio no tenía amigos y no se acordaba de participar en eventos sociales; después porque cuando aprendió el inglés sus padres dependieron de él para que les ayudara a limpiar las oficinas por la noche y de usarlo como intérprete en asuntos de casa y de trabajo. Cuando había preguntas sobre las cuentas del gas, del agua o de la luz, Marco solucionaba los problemas. Si su padre quería un aumento de sueldo, él le decía a Marco precisamente lo que tenía que decirle al patrón para convencerlo de que le pagara cinco o diez centavos más por hora. Marco ordenaba las hamburguesas con queso o sin queso, pedía el cambio de llantas de cara blanca para la stationwagon Chevelle '65; les decía a las cajeras del banco que su mamá quería rollitos para juntar los pennies y dimes y a la cajera del mercado que se le había olvidado darle sus Blue Chip Stamps o las verdes para los libritos que llenaba y cambiaba por premios: tostadores, globos terráqueos, cuchillos eléctricos. Marco me comentaba que, cuando realizaba esta función de intérprete de sus padres, parecía que no era su hijo, sino un conocido, un amigo que les hacía el favor de ayudarlos. Comparaba su vida mexicana con la de los gringos de la escuela que, en su mayoría, eran adinerados, de familias que vivían en el área exclusiva de San Roque, Montecito y de Hope Ranch. Parece que eso le causó mucha inseguridad en su desarrollo personal. La otra identidad se desarrollaba fuera de la casa, en el mundo del "gringo", por decirlo así. Marco aprendió pronto a hablar inglés sin acento y a integrarse rápidamente a la cultura popular del país. No que la asimilara, más bien supo cómo integrarse y adaptarse a ella. Específicamente, en cosas de música, de deportes, de películas y de programas de la televisión.

Pero Marco no tenía amigos verdaderos. En la escuela siempre andaba solo. Nunca lo vi platicar con alguien al entrar o salir de la escuela. Su única compañía eran los muchachos que se congregaban durante el periodo del almuerzo en el salón de la clase de arte. Yo lo conocí en la clase de español al azar, por un curso mutuo que la administración nos asignó en los horarios de clase. Si no hubiera sido así, Marco jamás hubiese hablado conmigo. Un día, en la clase de español, el Padre Alonso dividió al grupo en pares y a mí me tocó Marco porque su apellido era el que seguía al mío. El tema del ejercicio era "Conoce a tu compañero/a" y en esa conversación nos dimos cuenta que teníamos cosas en común. Principalmente que habíamos nacido en Durango, México y que en casa se hablaba en español. Creo que eso permitió que me tuviera confianza y que se abriera un poco conmigo. Sin embargo, no fue lo suficiente para juntarnos en el almuerzo o visitarnos durante los fines de semana. En high school no conocí a sus padres ni sabía dónde vivía. Lo supe años después, cuando estudiamos en el community college y después de graduarnos de la universidad.

Aparte de nuestra mexicanidad, fue por medio de la música que Marco y yo intercambiamos puntos de vista sobre la vida. Por ejemplo, algo que reconocí del "Cuaderno uno" fueron las canciones que usa como referencias para sus anécdotas. Las traducciones de Pink Floyd, Bruce Springsteen y de los Who son hechas con cierta libertad. La letra de otras canciones dentro del texto, como "Five Years", refleja conceptos ficticios y a la vez probables. Esta canción es la primera en el lado A del elepé de David Bowie, *Ziggy Stardust and the Spiders from Mars*. Habla de la visión apocalíptica de un futuro incierto. Otra es "Cut My Hair", de la rock opera *Quadrophenia* de The Who, que narra la vida de un muchacho, un mob inglés, que tiene dificultad para encajar dentro de las normas de su sociedad. El final de la ópera sugiere que el muchacho, cansado de vivir una vida absurda, camina hacia el mar donde éste supuestamente se lo traga. Ésta era la música que escuchábamos en esos años. Discos poco conocidos para la mayoría de los compañeros de la Bishop García Diego.

Es muy probable que Marco vivió una profunda soledad en esta época de su vida. Me da la impresión de que los apuntes en este cuaderno azul pintan a un hombre que no supo valorar los sacrificios que sus padres hicieron para sobrevivir en este país y para abrirles el camino a los tíos y primos que vendrían más tarde a radicar y ser parte integral en la formación de Santa Bárbara. Marco habla de sus padres como si ellos jamás se hubieran preocupado por él. Desconoce por qué hay una marcada inconformidad por parte de su madre en la casa y una pasividad enfermiza de su padre. Todo es cosa de percepción y a Marco le falta intuir las necesidades emocionales de sus padres y no muestra compasión hacia ellos. Él mismo se estaba perjudicando por su manera negativa de ver las cosas, a tal punto que sentía que la familia y la ciudad eran sus enemigos. Para él, estaban acabando con su vida, sofocándolo tanto que era imperativo escapar de su familia y de su ciudad para mantenerse vivo.

Para los que conocen la ciudad de Santa Bárbara, California, no se les tiene que convencer de su hermosura natural. Por un lado se encuentra el mar; por el otro, las montañas. En medio, una abundancia de árboles magnolia y una infinidad de flores de todos los colores. La ciudad está localizada en un punto geográfico donde de un extremo se puede presenciar la puesta del sol sobre el Océano Pacífico y un par de horas más tarde ir al otro extremo y ver la luna subir por las montañas. Una luna que, cuando está llena, ilumina en el mar un brilloso camino hacia el infinito. La belleza natural de este lugar es un milagro codiciado que se vive diariamente en la tierra. Es tan hermoso este paraíso que el vivir en ella paraliza los sentidos y entorpece el sentimiento. Vivir en esta ciudad es una bendición y una maldición. Una bendición porque el que vive en ella es premiado con un pedazo de cielo en la tierra. Una maldición porque al salir de este lugar ya no existe otro que lo pueda reemplazar y, por lo tanto, se añora lo inalcanzable. Marco vivía en este paraíso y no lo supo aprovechar. Se apartó de él ciegamente, sin darse cuenta de las consecuencias del abandono.

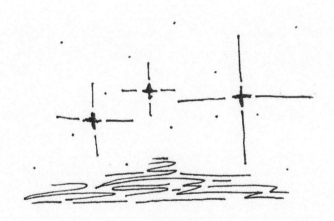

Cuaderno dos:

Espacios efímeros

EL RETROVISOR

Miras hacia delante. Miras a través del parabrisas estampado de manchas frescas de estiércol de pájaros solitarios. Tratas de no parpadear y enfocarte en el camino para no desviar la vista y, en un descuido inesperado, permitir que tus llantas crucen la línea blanca divisoria que te colocaría en el carril de los que conducen con más rapidez. Tú no te identificas con ellos. Prefieres seguir el límite de velocidad que ha cambiado a 65 millas por hora en la carretera, pero que tú sólo has aumentado cinco a las que antes acostumbrabas. No te gusta pisar fuerte el acelerador. Eso te da seguridad de tener control del coche; de sentirte cómodo, seguro de ti mismo. Conduces rígidamente, la espalda plana contra el respaldo del asiento. Las dos manos estrangulando, cada una, un pedazo del volante. Tratas de no despegar los ojos del camino, pero no puedes porque estás atento a tu alrededor y porque en el camino de un largo viaje los retrovisores te seducen. Te desafían al sumergirte en el río de vida que vas dejando a 65 millas por hora. Y no es que ignores los retrovisores atornillados a los lados del vehículo, sino que te llama la atención el retrovisor interior. Es este retrovisor, el de en medio, el más largo, de vista panorámica, el que puedes manipular con un simple movimiento de mano, pero también el que cautiva, confunde, distorsiona imágenes, proyecta recuerdos fragmentados de la vida real o de inexplicables telenovelas viejas cuyas tramas no entendías (la incomprensible nobleza de Gutierritos, por ejemplo). El retrovisor te incita a recordar, a mirar hacia el pasado. Y quieres recordar. Tienes unas ganas ubérrimas de recordar, de recuperar el tiempo, de modificar y construir, como cuando se sueña despierto en proyectos extraordinarios que uno desea realizar en la vida, de una vida que te abandona cada segundo al paso de 65 millas por hora, antes 55. En este viaje por este hilo de carretera cruzas por Nuevo México, atento a la historia de sus alrededores. Manejas hacia el este del país en medio de tierra plana; por el mismo camino donde posiblemente trotó un Juan de Oñate triunfador; después un Juan de Oñate derrotado. Una jornada épica, piensas, pero no lo bastante para frenar el coche y mirar la tierra detenidamente. No te importa examinar si aún permanecen huellas de pies descalzos o de huesos petrificados de hombres o mujeres olvidados por un tiempo pasado, no hay manera; tu camino está pavimentado y fijo. En este presente te concentras en visualizar una vida cuyos pies no van dejando huellas porque permanecen inactivos, pegados a pedazos de metal en el interior del vehículo.

1965. La pequeña pantalla del televisor proyecta imágenes en blanco y negro de hombres y mujeres, jóvenes, viejos, corriendo desenfrenados por las calles de Watts, lanzando piedras, estrellando vidrios de aparadores de licorerías y de tiendas de muebles, pisando raíces benditas de árboles urbanos, de hierba que nace milagrosamente entre las rajaduras del asfalto. Unos hombres caminan apresurados con colchones nuevos y usados, balanceándolos en la cabeza; otros, con un puño de camisas todavía colgadas en ganchos, todos, todos empapados de sudor, húmedos, despidiendo vapor del cuerpo, frenéticos, esquivando macanazos de la policía y chorros potentes de agua del equipo de bomberos, inmortalizando una realidad esperpéntica. Nosotros, mi padre y yo, somos su público, los testigos ausentes de los acontecimientos que ven el desarrollo de esta desnudez humana, como si en verdad fuera uno de tantos programas inverosímiles de la televisión. Yo pongo atención a las miradas desorientadas y a las muecas de angustia de los seres humanos que enfoca la cámara de la NBC. Veo cuerpos alimentados de coraje, venas hirviendo, palpitando, apareciendo y desapareciendo —como relámpagos— en el pescuezo, en la frente, en las sienes de hombres y de mujeres enormes. "Mira nomás las tarugadas que hacen esos negros", comenta mi padre de esta catarsis urbana. "Por algo estarán quemando edificios", pienso. "Es un desmadre. Pero con unos buenos jodazos los emparejan, ya verás", agrega. Y se queda callado, inmóvil en su trono de sofá, esperando que pronto termine el noticiero especial que había interrumpido su *Lawrence Welk Show*. No termina. Se reportan más detalles sobre robos y edificios en llamas. Su tolerancia rápidamente se agota y me pide que le cambie de canal. En segundos las caras negras desaparecen de la pantalla para ser reemplazadas por la mirada tierna de Jacqueline Andere y los ojos llorosos de Silvia Derbez. Para mi padre no existen etapas de ajuste al cambiar de un canal a otro, de un acontecimiento real a uno de fantasía. Él se embebe dócilmente en las tramas de las telenovelas: el de la *Rubí* seductora o del exótico *Corazón Salvaje*. Yo no tengo la misma capacidad y me retiro a mi cuarto a embeberme en mi propio drama.

En el silencio del cuarto ignoras por qué relacionas este cuadro de tu vida con el trabajo que tu padre desempeña como oficio para ganarse la vida. Mantienes viva su voz con imperativos que exigen pulir ceniceros y recoger botes de basura. Allí va, lo ves correr, desenfrenado, de un edificio a otro, cargando un cerro de llaves que abren cuartos llenos de escobas y trapeadores y de papel higiénico. Lo ves apurado, siempre desafiando el tiempo, limpiando las paredes blancas de toda una ciudad. Tú lo sigues, fiel, como perro, pero hirviendo por dentro como el calor de una ciudad en llamas. Piensas en los disturbios raciales de Watts, en el ambiente perverso y carnavalesco de seres humanos que añoran recuperar un pedazo de humanidad y ser apaleados por tratar de conseguirla. "Los veo y veo correr a mi padre al lado de ellos por las mismas calles, trágicamente, sin que él se dé cuenta", piensas. Y allí, yaciendo en tu tumba de cama, mirando hacia el azul del techo, lo acusas de no alimentarte seguridad en ti mismo. Es su culpa, has murmurado en el pasado, de no edificar un desarrollo normal en tu crecimiento. Lo acusas de tu timidez, de la frágil habilidad que tienes para defenderte, de no ser capaz de mirar a la gente a los ojos, de no saber palabras exactas que expresen tus sentimientos. De callar. De no saber contestar una simple pregunta. De vivir en el silencio. Lo acusas de dar vida a un cuerpo hueco, a un corazón incapaz de estremecerse de bondad. "¡Qué estupidez!", pensaste repetidas veces, "el atornillar ese caballito de metal barato, respingando con las patas al aire, en la trompa de la Chevelle station wagon". Para ti fue una cursilería su manera de expresar éste y otros de sus gustos estéticos.

Cómo cambian las cosas. Ahora reconoces que su gran pecado fue crear una rutina brutal de trabajo: de ocho a once, limpiar una tienda de ropa; de doce a cinco a embellecer jardines; de seis a doce, limpiar bancos, compañía de seguros, del gas. Maldecías su rutina porque te forzaba a que le ayudaras por la noche cuando tú deseabas pasar el tiempo en casa, viviendo una niñez normal, mirando en la televisión programas que considerabas importantes. Qué triste es el no saber valorar la consistencia, la energía, el aguante, la respon-sabilidad, la dedicación a un trabajo como lo hizo tu padre; y aunque se te haga difícil creerlo, el amor que sentía por ti al hacerlo. Hoy todos tus héroes de la niñez han perdido valor; las tarjetas de Sandy Koufax, Willie Mays, Jerry West per-manecen arrugadas en una caja olvidada que aún huele al ba-rato chicle Bazooka. Un héroe verdadero, el que cuenta, allí lo tienes, aún en pie. Lo sabes, pero te vas alejando de él al paso de 65 millas por hora, antes 55, por la carretera que cruza un desierto impresionante.

No acuses a tu padre de criticar a grupos étnicos que no pudo entender, de no palpar los problemas raciales en una América apocalíptica de 1965. Él vivía en el mundo de Marga López y de Arturo de Córdova, un mundo nostálgico mexi-cano que trasladó a los Estados Unidos en un camión Greyhound. Acúsalo de ignorar muchas cosas que son im-portantes para ti, pero no de ser insensible a tu mundo. Acú-salo de ser un hombre enfermo de responsabilidad —en vo-cabulario gringo sería un workaholic aunque no por las mis-mas razones—, pero no lo acuses de ser un padre irresponsa-ble que no te ofreció tiempo ni atención. Sé sensible a su his-toria.

Ahora que el recuerdo casi te permite acercarte a él, no te desanime que su imagen se vaya alejando rápidamente del retrovisor para fundirse con el aire caluroso que se une con el chapopote de la carretera. No temas que la imagen se vaya empequeñeciendo, que se pinte como punto insignificante en el papel; un punto que cierra el fin de una oración. Considera que el retrovisor forma a un padre intocable, todopoderoso. Sin canas. Uno inmortal, como el cielo y la oscuridad.

En la pantalla del retrovisor del interior del carro, el sol baja con religiosa lealtad. Veo dos soles que descienden como un milagro por dos horizontes. Uno a mis espaldas; otro enfrente de mí. Ambos inexplicables, pero congruentes a mi realidad. Dos soles conectados por un pequeño retrovisor. Pienso en la relación que tuve con mi padre a lo largo de los años y afirmo que si en este preciso momento, por ley de la vida, o por el capricho mío de permitir que mis manos dejen de estrangular el volante, hubiese un accidente automovilístico —mientras el metal del coche se deforme con el impacto de una roca y el tanque de la gasolina explote, derritiendo sin misericordia las llantas, el parabrisas, las posibles lágrimas que yo esté derramando por este trágico final—, sé que tendré algunos segundos para comprender que los diamantes y las cenizas, los explotados y los explotadores, la inocencia y la envidia, los amigos y los enemigos, los padres y los hijos, cuando todo termina, se prueba que, en efecto, sí existe igualdad en esta vida.

Dos soles en el ocaso bajan sincronizados en la pantalla de mi retrovisor. Dos soles alimentándose de una inevitable experiencia: la soledad humana. Su ayer y mi presente. Su presente y mi futuro. Todo, todo se desarrolla en pares. Unidos. Siempre unidos. Mi padre y yo.

RYDER

El pequeño camión amarillo aparecía y desaparecía a lo largo del camino con relativa lentitud. Jugaba con el vuelo de las aves que lo observaban cruzar por el desierto de California, más allá de Banning, rumbo a la pequeña, pero conocida, ciudad de Blythe. El pequeño camión amarillo de transmisión automática viajaba a 65 millas por hora; parte por la preferencia del conductor que obedecía al pie de la letra las reglas de la carretera; parte por su peso porque, aunque llevaba pocas maletas, mochilas y varias sillas plegadizas, cargaba docenas de cajas con discos elepés y de 45 revoluciones, cassettes, cartuchos de ocho tracks y discos compactos; también cajas llenas de libros de literatura y de cuadernos con apuntes de clases tomadas en la universidad. Traía cientos de fotografías y de toneladas de papeles de poco valor.

El pequeño camión amarillo inició su viaje desde Santa Bárbara, California. Había subido a la carretera 101 South por el bulevar Cabrillo que corría paralelo a la playa para conectarlo, una hora y media más tarde, a la carretera Interstate 10 West en Los Ángeles. Esa carretera lo llevaría hacia el interior del estado para luego conectarlo con Arizona. Según el

99

conductor, esta vez salía para siempre de California. La partida sería por la mañana, "para que todos me vean", pensaba mientras los dedos de su mano alimentaban ciegamente un cassette en la boca de la caja de música del vehículo: seleccionó *Bookens*, de Simon y Garfunkel, como trasfondo musical a lo que dejaba atrás.

Para el viajero era imperativo salir nuevamente del punto de origen de su imaginario mapa geográfico. Y esta vez no quería acobardarse. Lo de antes, su primera salida, había resultado en una infructuosa aventura, algo así como el mojarse los pies hacia la vida. Aquella vez había salido obsesionado por observar, en carne propia, la vida económica y social de su amigo Kevin. ¡Qué razón más ridícula para ser tostado por el sol de Phoenix! Después de una semana en Arizona no toleró el calor intenso del desierto y regresó a la protección que sentía dentro del espacio de su hogar. Cuando de nuevo cruzó la línea estatal hacia California, sintió una esperanza y una tranquilidad mental prometedora y, sin embargo, al aproximarse nuevamente a la costa del estado y penetrar el laberinto de ciudades de cemento del condado de Los Ángeles, creyó que su vida terminaría como rollo de película al toparse con el Pacific Coast Highway que corría paralelo a las playas de la ciudad de Santa Mónica. Dentro de su mundo, en un punto en el mapa localizado entre la ciudad de Carpintería y Goleta, se prometió jamás buscar su sombra fuera del espacio codiciado que lo vio crecer. Intentó tomar una actitud más seria ante la vida, pensar en las metas que verdaderamente quería lograr, en sentar cabeza, como le aconsejaban sus padres. Pero sería breve su cambio porque después de vivir un mes con ellos y de darse cuenta de que alguno de sus primos, amigos, o cualquier conocido, mejoraba su vida en otra ciudad, inexplicablemente le cosquilleaban los pies, le sudaban las palmas de las manos, sentía duda e inquietud de sí mismo y se impacientaba por salir volando, una vez más, de su mundo. "¡Cómo me gustaría que nadie saliera de esta ciudad y que todos se quedaran congelados en ella!", pensaba en momentos cuando le llegaba la soledad. "Cómo deseo que nadie salga de este hoyo, que se queden aquí para, juntos, medir la altura de los árboles cada dos años". A veces pensaba que tenía la capacidad y el derecho de controlar las acciones de los demás. Trataba de afirmar su idealismo creyendo que uno nace en un lugar, crece en un lugar, construye sueños, vive realidades, alimenta amistades, se enamora, asiste a proms, estudia obras literarias, se casa con la high school sweetheart, tiene hijos que asisten a todas las escuelas que asistieron sus padres, se jubila y se muere en un sólo lugar. Por esta razón, cuando alguien destruía su mundo utópico y salía a buscar fortuna a lugares lejanos, el viajero salía desesperado, como rayo, jalando trapos, recuerdos empaquetados en cajas de diferentes tamaños, yearbooks llenos de testimonios firmados por compañeros de escuela, tratando de alcanzarlos para convencerlos de que no se fueran o para convencerse de que él también debería de acompañarlos.

Por eso, nuevamente, el viajero salía de California. Cruzó esa frontera invisible que separaba la región geográfica que lo vio crecer para penetrar en otra que le ayudaría a transformarse en otra persona. El anuncio estancado al lado de la carretera que le daba nombre a este espacio geográfico era una afirmación a la división fantasmal del mundo que él, un metódico y obediente alumno de las reglas humanas, sí veía. ¡Arizona! ¡Termina California! ¡Estaba en Arizona! Miró por el retrovisor para despedirse del pedazo de geografía que en la pantalla rectangular paulatinamente la empequeñecía al paso de 65 millas por hora. Abandonaba su paraíso de ciudad que quedó estampado en el recuerdo como una tarjeta postal que nunca supo valorar. El retrovisor era el único testigo de lo que dejaba atrás. Recordó que fue un accidente geográfico lo que condujo a su padre a establecerse en California cuando salió de México. Un accidente geográfico común para muchos que vienen a buscar su suerte en este lugar. Recordó a la novia que, en realidad, nunca fue suya y de la historia que ella le contó de cómo ellos llegaron a vivir en su ciudad. "Originally, my mom is from Topeka, Kansas", le dijo cuando paseaban por San Ysidro Road en Montecito. "My dad from Iowa. They met while they were students at St. Louis University, in

Missouri. My dad attended graduate school and studied engineering, at Loyola Marymount, in Los Angeles. My mom waited for him to finish his degree in Pueblo, Colorado, where her father owned a ranch. Eventually they married in Monterrey, California, in one of those old missions. My father ended up working for Boeing in Seattle, where I was born. Years later he was transferred to Santa Barbara. After my sophomore year we returned to Seattle. But only for a year. I wanted to come back for my senior year and finish it here…" Recordaba con exactitud esta anécdota; sus ojos tan vivos y claros en el recuerdo. "And yours?" le preguntó a él. "They came from Mexico in 1964. They only attended grammar school", le dijo, pero ella no le puso atención.

Ella agregó que después de graduarse iría a estudiar a los Ángeles: "To explore possibilities", le dijo. Después de irse a Los Ángeles empezaron las entradas y salidas por múltiples instituciones académicas de California. No supo más de ella después de matricularse en San Diego State. Por medio de su hermano supo que después estudió en San Luis Obispo, Santa Cruz, San Francisco, Chico State. Cruzó todo el estado para dedicarle diez años a un diploma de B. A. en ciencias políticas, después de cambiar de especialidad siete veces. En el recuerdo extrañaba la frescura de su piel y de sus labios que jamás besó. Más que nada envidiaba la libertad que ella proyectaba; su manera de manipular el destino. Sin embargo, estas envidias ya no eran reales. Ahora el viajero se sentía importante porque se encontraba en la carretera conduciendo un pequeño camión amarillo cargado de vida, su vida, atreviéndose a salir de un espacio sagrado para explorar el desierto del suroeste rumbo a una ciudad que le prometía un cambio importante. Cómo lamentaba que ella no estuviera con él en ese momento para felicitarlo por su logro, para que le murmurara al oído palabras cargadas de ánimo: "Good for you, my Mexican, you're finally breaking away from your own limitations. *On the Road*: I'm so glad that you read my graduation gift."

Había leído las primeras ciento veintiséis páginas del regalo que le dio por su cumpleaños. Con la simple lectura del título y la breve dedicación que ella le escribió, su recuerdo terminaría por inmortalizarse en su mente. La sentía tan dentro de él que se perdió dentro de su cuerpo y jamás pudo encontrarla. Sustituyó su nombre por el de Lucille para decirle en palabras prestadas de Jack Kerouac que ni ella —ni cualquier otra persona— podría comprenderlo porque le gustaba decir "I like too many things and get all confused and hung-up running from one falling star to another till I drop". Por meses el libro se quedó abandonado en una mesa de su habitación. Cuando por fin lo recogió lo llevó a la cocina y allí, mientras su madre le preparaba el desayuno, lo leyó descaradamente enfrente de sus padres. ¿Qué podían pensar? ¿Podrían presentir que su contenido reanudaba la búsqueda de cierto destino? No les sorprendió cuando les dijo a sus padres que se iba de la casa: "¿Por un largo tiempo?", le preguntaron. "Una temporada. Cosa de uno a dos años", les contestó.

¿Qué le podrían decir? Sus padres nunca lo forzaron a nada. Para ellos, él tenía más control de su vida que ellos de la suya. Él tenía respuesta para todo. En la familia era el traductor de documentos legales, intérprete de palabras orales. Era el que les negociaba aumentos de sueldo y de quejas sobre cuentas bancarias. Era el puente que conectaba su mundo interno (el privado) con el externo (el público). Para su padre, su inglés era impecable. Él era el educado, un producto universitario. El "tú sabes lo que haces" era un sello de aprobación; la bendición que calmara cualquier duda:

"Hijo, no tengo las palabras para explicarte lo que siento. Pero tú me entiendes. Sabes lo que quiero decirte".

"Fue el único trabajo que había, papá. Por aquí no se presentan oportunidades".

(Era mentira, nunca buscó trabajo en su ciudad).

"¿Qué tan lejos estarás de nosotros?"

"De diez a doce horas, según la velocidad con la que se maneje. La ciudad está a 45 millas al norte de Nogales".

(Les dibujó un mapa mental).

"Me alegro que hayas encontrado trabajo. Tienes suerte. Uno sabe que se le tiene que talonear duro para encontrar algo bueno".

"El desierto y el calor son intensos pero la naturaleza de Arizona es increíble".

(Les mostró folletos turísticos del Grand Canyon y una copia de la revista *National Geographic* donde lo destacaba en un número especial).

"¿Te alcanzará el cheque?"

"No habrá problemas. Un conocido que se fue a Phoenix compró propiedad al poco tiempo de vivir allá. La vida es menos cara".

(Les mostró una foto de una casa de dos pisos).

"Pues, tú sabes lo que haces. Recuerda que aquí siempre está tu casa".

Fue un diálogo simple y directo que el viajero tuvo con sus padres durante la despedida. Su madre, después de su acostumbrado suspiro y abrazo, con su cara dolorosamente seria, le dio la bendición. Su padre le extendió su mano y después le dio un abrazo. Los dos lo acompañaron hasta la puerta del pequeño camión amarillo Ryder. Los dos se quedaron parados, sus manos extendidas hacia el cielo despidiéndolo, esperando a que el vehículo doblara la esquina y desapareciera.

*

El conductor del pequeño camión amarillo cruzó la línea estatal hacia Arizona a eso de las seis de la tarde. Había parado brevemente en Blythe para llenar el tanque de la gasolina y ordenar algo de comer en un establecimiento de hamburguesas que clientes, como él, visitaban por treinta minutos al año. El viajero quería creer que al cruzar esa línea divisoria estatal penetraba en un espacio diferente al que dejaba atrás. El desierto, sin embargo, era inmenso y las aves que lo observaron en Quartzsite eran las mismas que lo siguieron cien millas antes de llegar a Buckeye. Para entonces California había desaparecido de la pantalla del retrovisor y la Interstate 10 se tupía con trocas de dieciocho llantas, de RVs, de vehículos que representaban a casi todos los estados del país, de autobuses Greyhound con la palabra "Miami" estampada en su frente luminosa. No se diga del interminable ir y venir de trocas de mudanzas de todos los tamaños: Swift, U-Haul, Mayflower, United... y otras como la que el viajero manejaba, un pequeño camión amarillo Ryder.

"Todos esos camiones cargan muebles de oficina, muebles para llenar una casa completa. En la mía, yo cargo sólo recuerdos", pensaba cuando decidió parar de contar el número de vehículos de mudanza que transitaban por la carretera.

Hablaba con la verdad, el conductor cargaba recuerdos que en conjunto llenaban años de vida. Los arrastraba dentro de cajas que transportaban fotografías, libros, discos, periódicos, cosas materiales que resumían su pasado. Le gustaba la

fotografía y, para documentar su historia, se tomaba una dia-
positiva Kodachome una vez al mes para estar al tanto de su
cambio físico. Después de ingresar a la universidad se le fue
apagando el entusiasmo por hacerlo tan a menudo. También
se afanaba para tomar fotos de sus padres, de los vagabundos
de la ciudad, de la buganvilia de la casa, con flores, después
sin ellas, de lámparas y de sillas (donde se sentaban sus padres), de la cocina (donde se sentaba él a comer), la entrada
de su escuela primaria, el famoso árbol gigantesco de higo
plantado en la esquina de las calles Montecito y Chapala.
Cuando alguien le preguntaba por qué gastaba tanto dinero
en rollos de film, Marco se justificaba diciendo: "Porque el
tiempo mata silenciosamente". Y les preparaba slide shows a
sus padres, a sus tíos, a sí mismo, sincronizando las imágenes
gigantescas que aparecían en la pared con música apropiada
al tema, como el "Amor perdido" de María Luisa Landín
para sus padres y el "I Am the Sea/The Real Me" (pieza ins-
trumental de The Who) para él. Poco a poco se acumularon
las fotos, los slides, segundos de vida colocados cronológica-
mente en álbumes de fotografías y de slide carrousels en mon-
tones de cajas. Otras cajas cargaban libros que leyó en la preparatoria: *The Adventures of Huckleberry Finn* (simpatizaba con
el escape del esclavo Jim); *Robinson Crusoe* (romantizaba vivir
en una isla sin depender de nadie), *Great Expectations* (le
asombró como una persona pudo quedarse congelada en el

tiempo por causa de una decepción amorosa); *McTeague* (le impactó el hombre que aparentemente murió de sed en el desierto); *The Pearl* (lloró la muerte de "Coyotito"). Otras cajas contenían libros de literatura que lo hacía sentir más apegado a su realidad. Unas cargaban autores hispanoamericanos que había leído en la universidad, pero sobre todo de la literatura chicana que, además de valorar su contenido social, sentía que encarnaba parte de su esencia. Aprendió de su chicanidad con palabras de Tomás Rivera (le impactó la imagen del niño que "se quedó en el agua como un trapo sucio"); de Rudolfo Anaya ("take life's experiences and build strenght from them, not weakness"); de Rolando Hinojosa ("El día que muera el español, esto dejará de ser el Valle"); de Alejandro Morales ("cuanto más vivo, más entiendo la lucha de la estirpe"); de Norma Cantú ("some of us both love and hate our borderlands"). Cajas de varios tamaños cargaban papeles de dibujos que pintó en la primaria, pruebas de spelling, notas de pruebas de álgebra y de geometría, de historia universal y de los Estados Unidos y ensayos sobre religión. Había cajas llenas de tarjetas de peloteros de béisbol (Wes Parker, Harmon Killerbrew, Roberto Clemente), de *Batman* y de los *Monkees*. Cajas y cajas de libros, discos de larga duración, también 45s, de cassettes, de ocho tracks, de miles de papeles que eran testigos de su cambio de ortografía y de habilidades artísticas; de libros que en conjunto certificaba su vida en un espacio de un determinado número de pies cuadrados que flotaban en seis llantas (dos por delante, cuatro por atrás) a través del Sonoran Desert.

*

Terminaba el día y con la venida del atardecer la luz del cielo dibujaba sombras a los lados de las montañas. El viajero traía la ventana abierta permitiendo que el aire cálido circulara libremente por el interior del pequeño camión amarillo. En silencio, sus ojos escudriñaban el camino. De vez en vez volteaba para observar las impresionantes siluetas de las montañas y de los saguaros. Después, oscuridad total. Era de noche cuando el viajero paró el camión en el próximo lugar de descanso para orinar, lavarse las manos y la cara, mojarse el pelo para después volverse a lavar las manos, para enfriar el motor y recostarse en una banca y mirar hacia arriba y, con las manos, jugar a alcanzar el cielo. La banca lo haría sentirse el hombre más solo y, a la vez, el más afortunado del mundo.

Su salida de California era un esfuerzo para darle sentido a la vida. Creía que al despegarse del lugar que lo vio crecer se abrirían horizontes y mundos más amplios. ¿Qué acaso no era normal hacerlo? "Todos lo hacen", pensaba para justificar su aventura. "Algún día todos tendrán que salir de su hoyo. Mi padre dejó el suyo hace muchos años. Mis primos siguen cruzando la frontera cada año. Los que vinieron el año pasado a California ahora trabajan en los llanos de Nebraska o en los desiertos de Nevada. Decía mi padre que la gente se desesperaba prematuramente; ya no era aguantadora. Pensaba que mi salida era impulsiva como la de mis tíos de Torreón que, según me contaba mi padre, no se quedaban en un solo lugar por un largo tiempo. Trabajaban por temporadas en las ferias más importantes del país. Frecuentemente me comparaba con ellos. Pero, ¿quién no andaba peregrinando por la vida de una manera u otra? ¿Era un accidente geográfico el que yo hubiera crecido en California? Al oeste de mi ciudad no había tierra más que la que se encontraba al fondo del Océano Pacífico. Si hubiera tenido que escoger entre puntos geográficos para encontrarme a mí mismo habría preferido explorar todito el Southwest. ¿Sería posible salir de un lugar para justificar un regreso? ¿Para después regresar a justificar otra salida? ¿Cuáles eran las reglas del juego? Qué importaba. Cuando se tiene que justificar algo cualquier pensamiento es válido".

*

Cuando el pequeño camión amarillo pasó por Picacho Peak el conductor leyó el letrero que indicaba las cincuenta millas que faltaban para llegar a la ciudad de Tucson. Sabía que se aproximaba a su destino. En menos de una hora llegaría. La oscuridad ahora ya era completa y le impedía disfrutar del paisaje. Ya no había montañas, ni desiertos, ni saguaros, ni palitos con alambres que dividían propiedades. El viajero se había quedado ciego. Su mirada, su enfoque, ahora se concentraba hacia adelante, en el camino iluminado por los ojos brillantes de vehículos sin rostros.

El viajero quería identificarse con ese caminante que sale de su casa con miedo de enfrentarse ante un cuadro sin horizontes o ventanas. Quería definirse como un aventurero que toma la vida a la deriva. Conceptos románticos que había leído y que ahora presumía tomar en serio. Ahora que ya ni su cara se distinguía en la pantalla del retrovisor, estos conceptos sobresalían con más fuerza. Adelante de él la vida se presentaba como un largo camino titilando anuncios de Chevron, Circle K, Days Inn. ¿Para qué preocuparse de lo que haría el siguiente día, la próxima semana o el próximo mes? Venía bajo contrato a trabajar como maestro de español en una escuela católica por vida, si él así lo quisiera. Por ahora, lo importante era llegar al cuarto de un hotel, tomar un baño y descansar.

En Tucson, el conductor del pequeño camión amarillo salió de la carretera Interstate 10 por la 22nd Avenue. Volteó hacia la derecha en el primer semáforo que se presentó en su camino. Estacionó el camión en la entrada de un motel para registrarse por varias noches. Después de recoger las llaves movió el vehículo para estacionarlo cerca de su habitación.

Cuando entró al cuarto caminó directamente al baño, orinó y se lavó meticulosamente la cara y las manos. Después de ojear las páginas amarillas del directorio telefónico y de oprimir al azar los botones del televisor, salió de su cuarto donde suavemente lo golpeó el aire cálido de la noche.

Afuera del camión amarillo, la calle se presentaba activa y luminosa. La gente entraba y salía continuamente de convenient stores y de tiendas de videos. Dentro del espacio del pequeño camión amarillo, sentado, esperando pacientemente que la luz roja del semáforo cambiara a verde, el viajero dobló a la derecha y estacionó el vehículo en un restaurante de comida mexicana. Nadie lo acompañó esa noche en su cena de cinco dólares. No cargó con periódicos o revistas para leer y pasar el tiempo. Comió sus tacos de carne asada y tomó su agua fresca de limón en silencio, mirando hacia el espacio acogedor del pequeño restaurante y paseando los ojos por los hombres y mujeres que comían a su alrededor, escuchando canciones de Juan Gabriel y de Rocío Dúrcal. Cerraría los ojos y se frotaría los puños de las manos. En su mente contó los días hasta las primeras semanas de agosto cuando tenía que presentarse al trabajo. Sabía que, tarde o temprano, algún día, estaría de nuevo ocupando espacio en otra carretera, masticando carne blandita en otro restaurante como éste. Tarde o temprano tendría que salir de Tucson. Lo que no sabía era la fecha exacta de la partida que lo llevaría a otros lugares.

Por casi dos horas el hombre permaneció sentado, el cuerpo ahora entumido, sintiéndose sobreprotegido por el tiempo, los labios compartiendo posibilidades de un futuro que aún no llegaba.

INTERLUDIO MEXICANO

21 de diciembre de 1981 (3:00 PM)
Greyhound Bus Station, Nogales, Arizona.

Los viajes a Durango eran viajes colosales, casi épicos, porque cada uno de ellos provocaba aventuras con desarrollos fascinantes. La primera parte del viaje inició en Santa Bárbara, en la terminal de camiones Greyhound para terminar muchas largas horas después en Nogales, Arizona. Aquí cruzaré la frontera y caminaré hacia el centro de la ciudad a tomar el camión a Mazatlán. En los ochenta todavía no había una central camionera en Nogales, Sonora. Cada empresa de camiones tenía su propio edificio, todas localizadas relativamente cerca al centro de la ciudad. Una de las más populares era la Tres Estrellas de Oro. Cuando viajaba a México me gustaba viajar por Tres Estrellas. Había cierta atracción por el color de sus camiones y la estructura física del vehículo, en ocasiones algo vanguardista, diría yo. El ejemplo más contundente se presentó con su línea "Cien Pies". Éstos eran camiones colosales de cuatro ejes y una docena de llantas, piso elevado en el interior y equipado con todas las comodidades

115

esperadas de un camión de primera, incluyendo la asistencia de una azafata que servía café o refrescos a los pasajeros. Eran autobuses gigantescos que apenas cabían en las carreteras angostas que conectaban a las ciudades más importantes del Pacífico: Tijuana, Mexicali, Hermosillo, Culiacán, Los Mochis, Mazatlán, Nayarit. El uniforme de los choferes era igualmente atractivo. Más que otra prenda, me llamaba la atención la corbata color marrón con tres estrellitas estampadas en medio de ella. La limpieza y el porte profesional de los choferes brindaba a los pasajeros un sentido de admiración y credibilidad a su lema: "Seguridad, Comodidad y Cortesía".

Los viajes en estos camiones mexicanos siempre resultaban en aventuras inolvidables para mí. Por lo general, los asientos de los Tres Estrellas eran cómodos y limpios. Sin embargo, era común que durante el viaje el aire acondicionado dejara de funcionar o que al WC le faltara agua. Era imperativo que el pasajero tuviera paciencia y aguantara. No cabe la menor duda que eran los pasajeros quienes hacían los viajes interesantes. Ellos eran protagonistas de un microcosmos urbano que se vivía dentro del espacio del camión. Los pasajeros representaban todas las edades, desde el recién nacido que mamaba la leche tibia de su madre en el asiento 7, hasta la viejita vestida de luto del 14. También se encontraba la mujer madura, de porte refinado y elegante; el muchacho joven melenudo; el bohemio del chaleco de colores brillantes;

el alburero de los chistes pícaros e interminables; el "carita" que sonreía al estilo Mauricio Garcés; el sabelotodo que comentaba sobre la política nacional; el hombre callado y pensativo; el niño que jugaba con luchadores de plástico; la niña que peinaba interminablemente una muñeca rubia de pelo largo; el hombre que leía Kalimán y El Halcón de Oro; la señora nerviosa que temía que en la aduana en Sonoyta le quitaran el regalo de Navidad para su nieto.

Por lo general, los camiones nunca salían a tiempo. Antes de partir uno de los choferes caminaba por la hilera hacia el fondo del autobús contando cabezas y revisando el boleto de los pasajeros. Cuando regresaba al frente del camión, bajaba y se quedaba parado en la entrada reportándole a su compañero el número de boletos vendidos. Si había espacios vacíos esperaban diez o quince minutos para ver si llegaban más pasajeros y llenarlos. Mientras tanto, los asistentes jóvenes de la empresa terminaban de limpiar el parabrisas o caminaban alrededor del autobús pegándoles a las llantas con un martillo para revisar su fuerza. Cuando estaban seguros de que no subirían más pasajeros uno de los choferes metía los comprobantes de los boletos en una bolsa de cuero con cierre y la paraba junto al parabrisas. Luego su compañero se desajustaba la corbata y ajustaba el asiento del conductor, a la vez que conversaba con su colega. Hablaban de cosas cotidianas de la vida o del trabajo. En el trasfondo de su plática un cassette tocaba selecciones de su música favorita. A lo largo del viaje escucharíamos canciones de la Sonora Santanera, Rigo Tovar, Javier Solís, las Hermanas Hernández, Los Tres Diamantes, Carlos Campos y su Orquesta, Roberto Jordán, Estelita Núñez; también de artistas extranjeros: el argentino Leo Dan; los chilenos Los Ángeles Negros; los brasileños Nelson Ned y Roberto Carlos; el griego Demis Rusos; el italiano Nicola Di Bori, artistas muy queridos en México.

Los viajes maratones de los camiones Tres Estrellas de Oro que tomaba de Tijuana al interior de México eran viajes épicos que quedaron marcados en el recuerdo de todos los que fuimos pasajeros de esta histórica empresa mexicana. Eran viajes épicos por el drama humano que se vivía a lo largo de la jornada. Cada pasajero tomaba en serio el papel que desempeñaba dentro del camión. Unos eran los narradores de anécdotas existenciales conectadas con su vida o la de otros. Otros eran los que las escuchaban y reaccionaban a los relatos con una afirmación o un "sea por Dios; qué le vamos a hacer; así es la vida". El papel cambiaba de vez en cuando. El narrador era el oyente y otros, los narradores. Pero yo nunca fui narrador. Era muy introvertido y no me sentía capaz de hablar libremente sobre mi vida o la de otros; simplemente aceptaba mi papel como testigo de su performance y lo gozaba. Gozaba de las anécdotas que los pasajeros compartían con sus compañeros de asiento. Dentro del camión la gente se llegaba a conocer y entablaban una amistad que duraba unas cuantas horas, medio día, veinticuatro horas, dependiendo de la duración del viaje o del lugar donde se bajaba el pasajero. Había frecuentes presentaciones, saludos y, como era de esperarse, adioses permanentes, porque se sobreentendía que después de la despedida jamás habría un reencuentro entre los pasajeros que recién se habían conocido. Se hablaba de todo, pero las anécdotas que más recuerdo eran las de los pasajeros que venían de California y hablaban de las mandas o promesas que tenían que cumplir al Santo Niño de Atocha, a la Virgen de Guadalupe o a la de San Juan de los Lagos; de los hijos que se habían quedado a trabajar en los campos agrícolas del valle de San Joaquín; de cómo había cambiado Tijuana en los últimos años; del impacto que tuvieron en ellos las olimpiadas del '68 y el "Fútbol México '70".

Nuestra vida estaba en las manos de dos choferes. Ellos la controlaban. Su comportamiento también contribuía a que el viaje fuese interesante y ameno. Ellos eran imprescindibles y espontáneos. Nunca se sabía si a alguno de ellos se les antojaba parar el camión en un restaurante en el camino o en un lugar privado, como lo hizo uno de los choferes en los Mochis; estacionó el "Cien Pies" enfrente de una casa para ir a comer sin decirnos nada. Sin embargo, también eran considerados. Una vez fui testigo de la solidaridad que mostraron hacia los pasajeros cuando en las afueras de Ciudad Obregón un muchacho parado al lado de la carretera tiró una piedra que entró por una ventana abierta e impactó la cabeza de un niño. Su madre trató de consolarlo mientras los vecinos le limpiaban la sangre de la cara y le daban varios dulces Tomys para mitigar el susto. La noticia del incidente llegó como relámpago a los oídos del chofer. Éste inmediatamente paró el camión y su compañero les pidió a todos los hombres que les ayudaran a salir y buscar al "cabrón" que había descalabrado al pobre chamaco. La búsqueda fue inútil ya que el incidente había pasado unas millas atrás, por consiguiente, era imposible dar con el culpable. Lo ocurrido les caló a los choferes y regresamos a la ciudad de donde habíamos partido para llevar al niño a la sala de emergencias del hospital más cercano. Cuando llegamos, el chofer estacionó el Tres Estrellas enfrente del edificio y todos los pasajeros se quedaron al pendiente del muchacho. Entre el consumo de Sabritas y de donitas Bimbo, de tragos de Sangría y Squirt, de fumar cigarros Raleigh y Faros, todos esperamos a que al herido se le diera de alta antes de seguir nuestro camino. Ya curado y apoyado del brazo de su madre, su entrada al camión instigó un ambiente de fiesta en camino a Los Mochis.

Como pasajero, yo pasaba mucho tiempo mirando hacia afuera de la ventanilla. Sin embargo, a la vez escuchaba detenidamente todo lo que se decía dentro del camión. Me sentía parte del ambiente porque físicamente me parecía a muchos de los pasajeros y también porque interpretaba bien el significado de sus expresiones y ademanes. Ellos no me analizaban para determinar si yo era un mexicano que regresaba a pasar sus vacaciones en México o un chicano que visitaba el país de sus padres en busca de un refugio cultural. Mi chicanismo no existía en su imaginación. Por mi parte me gustaba estar con ellos porque quería conocer algo diferente a la vida cotidiana que se vivía en California. Creo que esa es la diferencia entre esos viajes del ayer y el que estoy por tomar ahora. Busco algo que cambie mi vida. Vengo a México para darme cuenta si puedo funcionar en su ambiente y si puedo salvar mi mexicanidad porque, la mera verdad, aquí en los Estados Unidos es muy fácil dudar de ella. Yo creo que por eso ando brincando de un lado a otro por el suroeste del país en una constante lucha por encontrar mi rincón en el mundo.

5:00 PM
Terminal de camiones Tres Estrellas de Oro, Nogales, Sonora.

No tardé mucho en cruzar la frontera a Nogales, México. Al cruzarla, uno se encuentra inmediatamente en el centro de una actividad humana diferente a la que deja uno en Nogales, Arizona. La gente es similar físicamente —la mayoría es mestiza—, pero no su circunstancia económica. Un gran número de hombres se congregan en parques o plazas, algunos parados, otros sentados en bancas de concreto, todos en una espera eterna de un futuro que parece congelado. No se sabe si buscan trabajo o simplemente están socializando. Grupos de niños y niñas caminan entre ellos; unos venden chicles y papitas con limón en bolsas de plástico; otros portan uniformes escolares, con libros y cuadernos en la mano.

Cuando crucé la frontera caminé a la terminal Tres Estrellas de Oro para comprar el boleto de las seis de la tarde a Mazatlán. Escogí uno de los asientos de adelante, ventanilla. Tenía tiempo que perder y caminé a un restaurante cerca de la terminal. Comí escuchando canciones de Javier Solís en la radio y mirando a Chespirito en la televisión. Afuera del local se oían los motores escandalosos de los camiones de la ciudad y de motocicletas enfadosas. Dentro del lugar miraba a parejas de novios o un grupo de amigos disfrutando la comida corrida del día. Comía a solas, mirando los mismos programas en una televisión colocada en una plataforma de madera en una esquina del comedor. Una variedad de ruidos rebotaba dentro de las cuatro paredes del local. Se oía la voz de vendedores de la lotería que prometían el número ganador; se escuchaba al "mudito" colocar llaveros en las mesas para luego regresar y recogerlos o recoger la ganancia de una compra; se escuchaba la fuerte voz de la cocinera que anunciaba una orden de tacos al pastor; de la mesera que repetía la horchata o el agua de tamarindo que los clientes pedían; la del dueño que leía el periódico y comentaba sobre los encabezados. Se escuchaban anuncios comerciales en la televisión al mismo tiempo que Javier Solís cantaba "sombras nada más entre tu vida y la mía" y un músico en la entrada del local "pasaste a mi lado, con gran indiferencia", con la esperanza de ganarse unos cuantos pesos.

Cuando terminé de comer pasé por una iglesia —mi impulso fue de entrar, pero no lo hice— y regresé a la terminal. Aproveché el tiempo para escribir en este diario y documentar mi viaje de reencuentro con el México que me vio nacer. No vengo a embeberme en el nacionalismo de su equipo nacional de fútbol ni en la vida novelística de sus luchadores técnicos y rudos. Tampoco a comentar con los primos el contenido de las mismas canciones que escuchamos en dos diferentes países: de Credence Clearwater Revival o de los Bee Gees, mucho menos de que me actualicen con las más recientes de Los Moonlights o de la Comparsa Universitaria de la Laguna. Tampoco vengo a pasar las tardes en una sala de cine comiendo sándwiches de jamón con queso amarillo y mirando westerns de Gastón Santos o de Fernando Casanova; ni en las noches a comer tacos en la taquería de mi tía empujándolos al estómago con litros de Coca Colas que saben rete que sabrosos en su rete helado envase de vidrio.

Vengo para saber si México me reconoce y me toma en

cuenta. Sin embargo, no sé exactamente lo que espero de este viaje. Supongo que busco un espacio definido, un lugar donde no cuestione los desafíos culturales que me agotan. El vivir entre los gringos francamente me cansa. Me tiene constantemente tenso y no me deja vivir en paz. Cada minuto traigo el estómago revuelto pensando y pensando si encajo o no en su mundo. Hasta el momento, mi vida ha sido una pesadilla y no sé si la raíz del problema sea el que mis padres me hayan traído de niño a California sin tener yo que ver con esa decisión. Me pregunto si esa fue la razón por la cual en mi adolescencia me sentí alejado de ellos y los vi "through the glass darkly" (esta frase la leí en algún lugar). Desde niño me aparté de ellos y ellos de mí. No ocupaba mucho del espacio de la casa ya que pasaba mucho del tiempo dentro de las cuatro paredes de mi habitación. En verdad, mis padres no eran malas personas, eran trabajadores y responsables; sin embargo, no me explico por qué me incomodaba estar con ellos y ellos conmigo. Cada quién se dedicaba a lo suyo. Yo con mis discos, estructurando la vida con anécdotas de canciones de roqueros que me transportaban a mundos ficticios donde sus personajes personificaban mi vida y donde ellos amaban y odiaban por mí. No tuve amigos verdaderos ni en la primaria, ni en la secundaria. A nadie, absolutamente a nadie pude contarle la mínima mentira o verdad de lo que ocurría en mi vida. Llegué a los Estados Unidos sin hablar inglés, lo aprendí poco a poco, pero sentí que con cada palabra que aprendía perdía otra en español y, con ella, mi confianza para hablar bien la lengua. Fui muy tímido. Me daban calambres en las piernas y me ponía nervioso en los eventos que se organizaban en la escuela. Una vez traté de encajar en la vida social participando como manager en el equipo de fútbol americano, pero la experiencia fue una pérdida de tiempo porque comparaba la vida familiar de mis compañeros con la mía. Los padres de ellos participaban en los eventos escolares y deportivos. Los míos no; ellos trabajaban casi todo el día y yo con ellos por la noche. Me sentí un fracasado sin poder explicar el porqué de ese sentimiento. Mi salvación ocurría cuando me recostaba en la playa e intentaba separar las estrellas del cielo. En ese tiempo me gustaba una muchacha que no supe cómo quererla. Llegué a enfadarme de la vida y hasta consideré caminar hacia la playa y hundirme en el agua, una estúpida visión romántica influida por la historia de una ópera de rock que escuchaba diariamente en mi tocadiscos. Creo que lo que me salvó de mis loqueras —así definía mi experiencia existencial— eran las pláticas que tuve con el consejero de la escuela. Me caía bien el cuate pero mis reuniones con él terminaron cuando mis primos me preguntaron por qué me juntaba con ese "maricón". Cobardemente me dejé llevar por su absurdo criterio y paré de frecuentarlo. Pero los encuentros con él me dieron la fuerza para continuar en la escuela, eventualmente entrar al City College, después a la universidad, estudiar español y tener mi licencia para enseñar y poder salir de California en busca de mejores posibilidades de trabajo en Arizona. Sin embargo, todavía no me siento tranquilo ni enfocado. Siento que huyo de algo. Por eso me encuentro aquí, listo para abordar el Tres Estrellas de Oro, aprovechando las vacaciones de Navidad para ir a Durango y determinar si lo que busco y no encuentro en los Estados Unidos se encuentra en otro lugar.

22 de diciembre, 1981 (Madrugada)
Punto de descanso: un restaurante en las afueras de Los Mochis, Sinaloa.

Siempre ha sido difícil lidiar con la aduana mexicana. Intimida y causa temor. Una de las más notorias es la de Sonoyta, Sonora. Cuando el camión se aproxima al lugar un silencio fúnebre se apodera de todos los pasajeros. Los que se atreven a hablar lo hacen en voz baja. Saben que, de una manera u otra, los agentes aduanales les van a exigir dinero por cualquier tontería que se les ocurra: mucho equipaje, poco equipaje, zapatos tenis de marca; pantalones de mezclilla. Siempre ganan. No hay opciones. Si no se paga, todo se pierde.

Pero cuando uno sale de Nogales el camión no pasa por Sonoyta. La aduana está localizada en la propia terminal.

Antes de abordar el camión los agentes aduanales anunciaban que se hiciera una fila en la sala de espera frente a una puerta cerrada hasta que un agente la abría permitiendo la entrada de cinco pasajeros a la vez. Detrás de ella el equipaje de los pasajeros sería revisado y se pagaría la "mordida" obligatoria. Cuando el proceso terminaba, los pasajeros salían por otra puerta donde los esperaba el camión. El proceso duraba media hora, posiblemente más. Los pasajeros se veían visiblemente relajados, pero lamentando el haber pagado por el sello "Revisado" que el oficial había pegado al veliz, consolándose con un compartido "nos pudo haber ido peor".

Cuando abordé el camión, tomé mi asiento al lado de la ventanilla, al lado de un señor de unos sesenta años. "¿No le bajaron mucho?", me preguntó. No esperó respuesta. Sacó de su bolsillo una cajetilla de cigarros Fiesta. Me ofreció uno. "No gracias", le contesté. Procedió a prenderlo y lo fumó con cierta tranquilidad. El humo le salía por la nariz a la vez que se metía la cajetilla y los cerillos en la bolsa de la camisa. Me acomodé lo mejor que pude en mi asiento, colocando mi mochila entre los pies y una sudadera en la ventana que serviría como almohada a lo largo del camino.

Apunté en mi libreta:

El camión: un DINA, Hecho en México, un Tres Estrellas de Oro regular.

Ambiente musical: boleros de los Hermanos Martínez Gil:

"Chacha linda".

Tiempo de partida: las siete de la noche.

Sentimiento: nostalgia por algo que se deja atrás.

Temor: no saber qué se está dejando atrás.

El señor que estaba a mi lado era de Tepic, Nayarit. Se llamaba Carmelo Macías, un hombre que se parecía a mi tío Kiko: bajo de estatura, flaco, muy atento a la limpieza de su ropa y al cuidado de su pelo que olía a brillantina Tres Flores, líquida. El señor Macías platicaba sobre su vida y la vida, en general. Aparentemente veía en mí a un joven que necesitaba de consejos y de sabiduría. Me platicaba de los amores fieles e infieles que vivió de joven y de adulto. Habló del destino de cada uno de sus siete hijos; del respeto que se iba perdiendo a los padres; de la injusticia del gobierno mexicano; de la música de las Hermanas Huerta y Chelo Silva —se puso a chiflar un poco de "Estoy perdida" cuando le dije que no conocía esa canción. Habló de muchas cosas que yo pude entender porque afirmaba lo que había escuchado en pláticas que mis padres y mis tíos tenían entre ellos en la cocina de la casa. Pero lo que me impresionó del señor Macías era su manera relajada al contarlas. ¡Se veía tan cómodo en su asiento! Cruzaba sus piernas, alternándolas cada diez a quince minutos. Sacudía con delicadeza las cenizas de su cigarrillo que caían suavemente en su pantalón. Fumaba con un gusto y placer que apetecía entrarle al vicio. Este hombre se presentaba dueño completo de su espacio.

Me contó que venía de Oxnard, California. Que el trabajo agrícola por esos rumbos ya no era como antes. Los campos iban desapareciendo y ahora eran remplazados por centros comerciales y apartamentos para un creciente número de residentes nuevos en la ciudad. Hablaba sin cesar. Sus palabras flotaron por millas a lo largo de Sonora. Lo escuchaba con atención, atreviéndome a interrumpirlo sólo para hacerle una que otra pregunta: "Y dígame don Carmelo, ¿piensa usted quedarse en México o desea regresar a California?" No hubo urgencia en responder. Su pausa fue interminable. "Mira, muchacho, el error más grande de mi vida fue venirme a los Estados Unidos. He formado un círculo vicioso. Deseo trabajar, ser independiente y vivir la palabra justicia en todos los sentidos. Busco esto en mi México y termino por añorar la vida en los Estados Unidos. Regreso a los Estados Unidos y lloro por mi México. Es un círculo vicioso que resulta en doble sufrimiento. Me hubiese gustado mitigar un poco el dolor quedándome en un solo lugar. En mi caso no fue una necesidad salirme de mi casa en Tepic. Había estudiado. No sufría aprietos económicos. No puedo contestar tu pregunta".

El camión paró en un restaurante —un puntito negro pintado en algún mapa local, perdido en la negrura de la noche— donde los choferes de los Tres Estrellas pararon a cenar. Estaríamos allí por una hora, suficiente para pedir unos tacos de asada y escribir unos apuntes en mi cuaderno. Cuando los choferes se encaminaron al camión nosotros entendimos que era tiempo de abordarlo de nuevo. El señor Carmelo y yo regresamos a nuestros asientos. El sacó un cigarrillo de su cajetilla Fiesta. Yo puse atención a la letra de "Cruz de olvido", selección musical del chofer que introdujo al echar a andar el motor, estimulado a la vez, nostalgia en los pasajeros. Como era de noche no veía la cara del señor Carmelo, sólo la punta alumbrada de su cigarro. Tampoco veía el humo, sólo lo olía. Sorprendentemente, el olor no me molestaba; me relajaba. El señor Carmelo ya no habló por el resto de la noche. Él fumaba y yo escuchaba canciones de la época de mis padres. Cuando terminó su cigarro, el señor Carmelo colocó la colilla en el cenicero del asiento y se durmió.

La noche estaba intensamente oscura. De vez en cuando aparecía una lucecita débil que salía de alguna casita o jacal al lado de la carretera. Dentro del autobús, sólo se veía la lucecita roja que iluminaba la pequeña estatua del Sagrado Corazón de Jesús y las luces del dashboard del camión. Por lo general, la carretera a estas horas estaba sola. De vez en cuando los faroles de otros camiones iluminaban brevemente el interior del nuestro. Los que venían por el carril contrario nos pasaban como relámpago, los que iban por el mismo carril que nosotros nos rebasaban con desesperación; a veces, nosotros a ellos.

Estos camiones que compartían la misma carretera —los Transportes del Pacífico, la Flecha Roja, los Norte de Sonora, la Estrella Blanca— tenían un propósito común: transportar a pasajeros a un destino concreto. Mi deseo era que ese propósito también me incluyera a mí.

22 de diciembre, 1981 (8:00 AM)
Central camionera de Mazatlán, Sinaloa.

Llegamos al puerto de Mazatlán temprano por la mañana. La camionera estaba llena de pasajeros como resultado de las vacaciones navideñas. Hacía calor acompañado con una intensa y enfadosa humedad. Fui al baño a mojarme la cara y a lavarme los dientes. Caminé a las oficinas de venta de boletos de los Ómnibus de México y la de los Transportes del Norte para informarme de las salidas a la ciudad de Durango. El Transporte del Norte tenía una salida que me convino y decidí por el de las 12:30 de la tarde. Si todo salía bien, para las ocho y media o nueve de la noche llegaría a mi destino

Después de comprar el boleto fui a un restaurante cerca de la camionera y pedí una orden de pollo rostizado, frijoles, tortillas y un Cidral. Pensé en el Tres Estrellas que me trajo de Nogales. De seguro ya continuaba su viaje. Ese mismo día pasaría por Nayarit, Colima, Jalisco para el próximo llegar a su punto final, México, D.F.

Cuando regresé a la camionera el Transportes tenía la puerta abierta y sus choferes, al lado de ella, se arreglaban sus corbatas azules para darles la bienvenida a los pasajeros. El ambiente dentro del camión esta vez sería diferente. Ya no subirían tantos pasajeros que viajaban de los Estados Unidos para pasar la Navidad y el Año Nuevo con algún familiar. Ni con ellos las anécdotas que contaban: la justificación por regresar a California, a pesar de confesar que la vida era dura allá; la soledad por estar lejos de familia y amigos; lo estéril de las ciudades ordenadas y limpias pero desiertas donde vivían; la dificultad de aprender inglés; el aguante que tenían que asimilar para mejorar su estado económico; su sueño por ahorrar lo bastante para abrir un negocio en México. También contarían que estaban convencidos de que en México las cosas ya no eran iguales, que todo había cambiado, que antes se vivía mejor. Contarían que tan pronto cumplían con sus compromisos sociales en su ciudad o pueblo natal se apresuraban a tomar un camión a las chulas fronteras del norte para repetir el mismo proceso un año después. Los pasajeros en este camión hablarían de sus recientes vacaciones al mar y del próximo puente que se tomarían en el trabajo para regresar a gozarlo de nuevo, de las graduaciones de alguna facultad académica en junio y la venta de boletos para la próxima reina del Centro de Estudiantes Católicos (CEC).

10:00 PM

Central de camiones de Durango, Durango.

He llegado a la terminal de camiones de la Central de Autobuses de Durango. Puedo decir que he llegado a mi destino
y, sin embargo, ya que estoy aquí, no sé a dónde ir o qué hacer o a quién llamar. He llegado a un lugar real y mítico. Miro
a mi alrededor y veo mi cara en los trabajadores que cargan
cajas y velices en diablos despintados. Soy ese hombre que
corta pedazos de carne asada en un puesto alumbrado por
varios focos desnudos que cuelgan en un hilo de plástico tri-
color. Soy el taxista que les ayuda a los pasajeros a entrar a
su carro. El niño que vende chicles se parece al que está en el
retrato que mi mamá carga en su cartera. La muchacha de las
trenzas es la hermana que nunca tuve y su madre es mi madre. Todos mis tíos y primos son los pasajeros que esperan
subir a sus camiones y, aunque no se parecen físicamente a
mí, se parecen en la esencia de lo que soy. ¡Todos en la camionera —hombres altos y bajos, gordos y flacos, jóvenes y
viejos— me peinan el pelo, me lavan los dientes, usan mis
ojos!

Mi jornada termina en esta zona tórrida. Afuera de la

terminal me espera una incógnita. Siento que mi pluma perderá su propósito cuando mis manos atrapen un puñado de aire mexicano. Pienso en mi estancia en Durango y la comparo con el futuro que les espera a los colegas de la universidad después de terminar el BA. Unos buscarán trabajo; otros tomarán los exámenes GRE, LSAT, MCAT para solicitar admisión a estudios de posgrado en humanidades, a programas de leyes o de medicina en UCLA, Berkeley o en Madison, Wisconsin. Pensarán en el impacto que los diplomas tendrán en la vida de otros; en el compromiso con su raza para mejorar el barrio, trabajando como profesores de matemáticas en la Garfield High School; como doctores en la Clínica Roybal; o en un buffet de abogados en la calle Whittier, al lado de la mueblería La Popular o la del Matador Carabello de Los Ángeles, California. Mientras ellos se preparan para lograr esas metas yo estaré caminando por las calles de Durango, por La Soriana, por las Fábricas de Francia, por la escuela Miguel Alemán #7, pensando en lo serio que debería tomar —de aquí en adelante— el curso de mi vida.

No sé qué me espera en Durango, pero, por el momento, me aferro a encontrar un huequito para descansar mi viejo "yo" y llevarme otro de regreso a California. La posibilidad de que esto pase se encuentra en el poder de mi fe, que estoy seguro se alberga dentro de mí, pero en un lugar que aún desconozco.

OBSERVACIONES DEL CUADERNO DOS
LA DISTANCIA ENTRE NOSOTROS

Cuando Marco terminó sus estudios en Cal State Long Beach y se fue de California no dejó de escribirme, aunque no con mucha frecuencia. En varias ocasiones recibí postales de Arizona: del Petrified Forest, del Canyon de Chelley y del Saguaro National Park, compartiendo su incomodidad por el calor y el polvo del desierto; otras de Gallup y de Walpi, New Mexico, centros indígenas donde buscaba el espíritu inquebrantable de pueblos sufridos; otras de Lubbock y de Vernon, Texas, para documentar su presencia en la tierra de Buddy Holly y de Roy Orbison, dos de sus roqueros favoritos de los años cincuenta y sesenta. Me decía que aprovechaba su tiempo; que escribía en palabras secretas; que buscaba Aztlán, la tierra "de nuestros antepasados, tú me entiendes, you know what I'm talking about", escribió en la última postal que recibí de él. Marco se había dedicado a viajar por el suroeste del país como un pioneer scout, a trailblazer, buscando el lugar ideal para iniciar una carrera de profesor de preparatoria fuera de California.

"El retrovisor", la narrativa que abre este segundo cuaderno, sugiere que Marco no estaba totalmente inconforme con la vida al lado de sus padres. Parece que culpa a su padre por no crear en él una conciencia social o, por lo menos, sembrar el coraje necesario para luchar contra la injusticia que existía en la sociedad de los sesenta. Supongo que cuando escribió este cuaderno Marco estaba consciente del papel secundario que sus padres tomaban en su ciudad y de la impotencia de su padre por abogar por sí mismo el aumento de sueldo, ¡cinco miserables centavos más por hora! Más coraje le daba cuando el patrón cedía al aumento y de esa manera sellaba la lealtad de su padre hacia su "generoso" patrón. Marco escribe este relato lamentando la incapacidad de su padre por no darse cuenta de que era explotado por los jefes gringos. Pero nunca se quejó. El cumplir con el trabajo, el hacer un buen trabajo, el no tener problemas en el trabajo, eran las preocupaciones de su padre. ¡Qué iba a entender de una conciencia social e histórica de su gente! Los padres de Marco trabajaban todo el día. No había tiempo para analizar los pormenores cotidianos de la vida. Estaban apartados de lo que pasaba políticamente a su alrededor. Vivir en Santa Bárbara era para ellos lo mismo que vivir en Sacramento o en Pico Rivera. Se trabajaba para sobrevivir en el mundo, no para entenderlo. Su padre no profundizaba sobre qué tan hondo estaba el Océano Pacífico o cuál era el pico más alto de las montañas Santa Ynez. De día, su padre jardinero llenaba los surcos con agua alrededor de los árboles frutales de

136

casas ajenas; de noche, su padre janitor usaba la luz de la luna para localizar el bote de basura donde tiraba toneladas de papeles y de ceniza de cigarros de los empleados que trabajaban en bancos y oficinas de seguros.

¿Cómo se imaginaba Marco que su padre supiera de los cambios sociales que estaban pasando en los años sesenta en los Estados Unidos cuando en su mente vivía en el México de Elsa Aguirre y de Miguel López Mateos? ¿Cómo entender la causa de Martin Luther King? ¿De las protestas que dirigió en Selma y Montgomery, Alabama y de sus famosos discursos, como el que dio en Washington D.C.? ¿Cómo entender la retórica militante de Malcolm X? ¿De explicar los cuerpos desnudos y lodosos de jóvenes en Woodstock? ¿Cómo justificar a los draft dodgers, que rehusaban participar en la guerra de Vietnam? ¿Qué sabía de las consecuencias de la muerte de Rubén Salazar en un bar del Este de los Ángeles o de los high school blowouts? ¿De los disturbios en Watts que ocurrían en el lado opuesto de la ciudad? En la sala de la casa, en nuestra prístina Santa Bárbara, veíamos estos disturbios a través de la pantalla de nuestro televisor en blanco y negro comiendo sándwiches de bolony y bebiendo refrescos Orange Crush. Todos mirábamos a los afroamericanos correr a lo loco por las calles de sus barrios, cargando colchones en la cabeza, quemando ropa y papeles en botes de basura y la policía de Los Ángeles brutalizándolos con macanas y perros hambrientos. Yo tampoco entendía lo que estaba pasando, pero palpaba que algo no andaba bien en la sociedad y me daba mucha lástima ver tanta tragedia a su alrededor. Eso y las imágenes que se veían de los soldados heridos en Vietnam eran dolorosas y, sin embargo, era tan fácil cegarse a todo esto con un simple cambio de canal para embebernos en programas tan pueriles como los *Monkees*, los *Beverly Hillbillies* y *Gilligan's Island*. Estoy seguro de que Marco se daba cuenta de lo difícil que era destruir estos problemas sociales. ¿Por qué, entonces, era tan duro con su padre? En cuanto a su mamá, ¿qué iba a saber él lo que ella sintió al ser arrancada de su humilde seno familiar en Durango y traída a un país tan diferente? Ella jamás se convenció de que vivir en Santa Bárbara era un privilegio. Además, la costumbre de prender y apagar switches de la luz y aparatos eléctricos de hogares ajenos no le daba tiempo para pensar en esos pormenores.

¿Cuántas cosas cargaría Marco en ese camioncito amarillo Ryder? ¿Cuántos recuerdos tendría almacenados en ese cubito de quién sabe cuántos pies cuadrados? ¿Para qué los transportaba? ¿Pensaba que en verdad abandonaba para siempre California? ¿Pensaba que jamás regresaría a la casa de sus padres? ¿Quién le iba a tocar los discos o leer los libros? Llevárselos, cargar con ellos era exponerse a que se los robaran, a que los perdiera o que el calor intenso del desierto los derritiera en pocos minutos.

Marco tenía a México muy metido en su corazón y la ida a su tierra natal fue para recuperar o deshacerse de algo que lo atormentaba. Ese viaje era consecuencia de un refugio cultural que se le había negado desde que su familia cruzó la frontera a los Estados Unidos en 1964. Parece normal que si uno siente un vacío en el corazón y ese vacío no se puede llenar por los lugares donde uno vive, lo lógico es ir a buscarlo en otro donde uno cree que se encuentre. ¿No tenía, entonces, sentido que Marco fuese a Durango? Cuando estábamos en nuestro último año de high school me comentó que mucha de la familia del lado de su mamá había inmigrado a Santa Bárbara. Ahora que todos estaban de este lado, la ida a México era más desafiante que nunca porque cada vez había menos familia a quién visitar. Su ida a México muestra valentía por parte de Marco. También muestra sensibilidad por la cultura mexicana. Se nota en la atención que le da a las palabras de don Carmelo Macías y de todas esas sutilezas humanas que lo conectan con ese pueblo. De lo que no estoy seguro es si al final Marco regresó a los Estados Unidos con la intención de visitar México con más frecuencia en el futuro o si su viaje a ese país fue un viaje definitivo.

En estos años de su vida supongo que los padres de Marco siguieron trabajando largas horas. Durante el día, su papá en los jardines, su mamá en casas ajenas, prendiendo y apagando aparatos eléctricos; de noche, ambos limpiando edificios, juntando dinero para enviarle a su hijo el money order de diez o veinte dólares, lo que se pudiera, para ayudarle a cubrir los gastos de una carrera universitaria que le iba a iluminar su vida y sacarlo de la pobreza.

Pero mis observaciones suponen que Marco es el personaje principal de estos relatos autobiográficos de este segundo cuaderno, una posibilidad que no se puede asegurar.

Cuaderno tres:

El viento amarra

UNAS CONFESIONES

God is a concept
By which we measure
Our pain
John Lennon

Bendígame, Padre, porque creo que he pecado. Algunos secretos o confesiones que quiero comunicarle las hago con el propósito de purificar el alma y el corazón. Ya estoy cansado, agotado de sentir una falta de propósito en la vida. Me falta una dirección en mi camino y creo que es porque tengo el corazón contaminado con malos pensamientos y por un pecado que creo es el peor de todos: la incapacidad de no actuar con sinceridad y entrega.

Mi confesión o mis secretos, como se lleguen a interpretar, tienen que ver con situaciones tangibles que otros seres humanos también viven. Ésas tienen que ver con cosas tan diversas como las de un niño que cuenta una ligera mentira o como las de un adolescente que recorta fotos de mujeres desnudas y las esconde en cajas de zapatos para tirarlas después a la basura, prometiéndose jamás repetir esto y en un

145

mes de nuevo caer en la tentación de cortarlas y almacenarlas en el mismo lugar. O como las de un adulto a quien se le dificulta distinguir entre la verdad y la mentira y justifica sus contradicciones al decir que "uno es humano". Mi confesión tampoco es igual a esas acciones perversas, como la de asesinar a un ser humano o la de violar a una mujer desamparada, sólo por la necesidad de tatuarse una lágrima en la cara o por el capricho cobarde de agitar el sudor de la frente. Mis confesiones tienen que ver con algo que oscila entre la inocencia y la ignorancia. Son confesiones que para mí no parecen ser "pecados". Por eso, me inquietan estas palabras y su posible significado. Pero de todas maneras quiero confesarle lo que siento y ahí depende de usted si me hace el favor de perdonarme y darme la absolución. Acepto cualquier penitencia porque, aunque no lo parezca, sigo católico y guadalupano de corazón.

Bendígame, Padre, que ya hace más de quince años de mi última confesión. Por eso perdóneme que me sienta tentativo ante usted. No recuerdo muy bien la letanía, lo que debo decir, la introducción, usted sabe. Pero crecí católico. Mis padres me bautizaron y de niño asistí a la escuela católica. Respeté a las monjas y a los sacerdotes que me educaron. Fui un niño ejemplar. Nunca le hice travesuras a una niña; en aquél entonces las miraba con indiferencia. Confieso que algunas me gustaban, pero nunca llegué a tocar a una indebidamente. Es más, ni llegué a besar a una mujer hasta ya de grande. Pero con el tiempo, usted me comprende, no le puedo decir específicamente, o cómo fue que poco a poco dejé de asistir a misa, de saludar a las monjas y de besarle las manos a los religiosos como usted. Perdóneme, Padre, por apartarme sigilosamente de la iglesia.

Pero por eso estoy aquí, porque sé que dentro del corazón nunca dejé mi catolicismo, o nunca me dejó, aunque le digo que no sé exactamente dónde se encuentra. No se burle de mi torpeza o de mis palabras incoherentes porque ni yo sé si encajan con el proceso de este ritual. Pero tengo que liberarlas de la mente y del corazón.

De niño no tuve problemas para arrodillarme ante usted. En casa siempre me sentí protegido por las oraciones y las veladoras que mi madre le prendía al Sagrado Corazón de Jesús y a la Virgen María. La primera comunión fue una celebración de una obediencia practicada. Me aprendí los rezos y el proceso de desfilar por la iglesia para recibir la hostia debidamente. Cargué una veladora en una mano, un libro sagrado y el rosario en la otra, en la manga de mi brazo derecho un parche estampado del Espíritu Santo. Posiblemente me sentía orgulloso de caminar y ser el punto de atención, pero no puedo determinar la espiritualidad o el significado que mis padres, mi padrino, la comunidad que estaba presente, le daba cuando lo hacía. Me preocupaba más por complacer a mis mayores, en ser un niño bueno y obediente, en estar bien peinado, en disfrutar el pastel de fresa que me prepararon. No creo que en ese momento gozara de comer el cuerpo y beber la sangre de Cristo. Ni mucho menos en la salvación del alma. No entendía de esas cosas.

Recuerdo vagamente mi confirmación. Fue organizada colectivamente con el grupo del quinto y sexto grado de mi escuela católica. El padre y las monjitas nos prepararon bien para repetir lo que deberíamos responder cuando el arzobispo nos recordara que éramos soldados de Cristo. Deberíamos recibir con humildad la ligera bofetada que sellara este compromiso con el Señor. En esta celebración tampoco recuerdo lo que pasaba por mi mente. No sabía si la experiencia iba a fortalecer mi catolicismo o a cambiar mi espiritualidad. Parece que no se fortaleció porque poco a poco me fui alejando de los rituales y las celebraciones de la iglesia. Con pena regreso ahora ante usted para que me escuche y me aconseje.

Por lo tanto:

Le confieso que me enamoré de una mujer sin tomar a pecho el sacramento del matrimonio. Durante mi juventud no pude enamorarme de ninguna de las muchachas que conocí. Pensé que mi destino era quedarme soltero. Sin embargo, ya de grande, Dios fue generoso al ponerme en mi camino a una mujer que me ha aceptado como soy y me ha apoyado incondicionalmente en todo lo que hago. Siento un gran sentido de culpabilidad al no corresponder a su entrega. Ella siempre me da más de lo que yo le doy a ella. No es que la maltrate o no le dé su lugar como compañera, que la engañe con otra mujer o que la ofenda con la tragedia de un vicio, pero vivo los días quejándome constantemente de la vida y de las circunstancias en las que me encuentro. No le ofrezco el sabor dulce de vivir el momento, el de gozar un bello atardecer o el brillo de la luna y decirle que la amo. No la sé guiar. No la sé cuidar.

Confieso que no fui sincero en escoger la carrera que me da los medios para ganarme el pan de cada día. Escogí una carrera que, ahora me doy cuenta, fue concluida por el deseo de lograr el sueño americano. No es lo que escogí precisamente lo que me pesa, sino la falta de sinceridad y el engaño que viene detrás de la decisión. Pude haber sido más honesto si hubiera estudiado para ser médico o abogado y decirles a todos que lo hice por fines lucrativos. Preferí decirle al mundo que escogí mi carrera —maestro de español— porque sentía un compromiso social con mi comunidad, cuando en verdad la escogí para salvarme de mis inseguridades culturales. Y lo peor es que para lograrlo escogí el medio, el mecanismo, arrancado de un capítulo de la historia del mundo anglosajón y de sus guiones de películas y programas de televisión. En otras palabras, salir de casa para presumir el logro de un individualismo arrogante. No tomé en cuenta los valores de mi cultura mexicana. No me importó llegar al éxito, a pesar de los sacrificios que otros hicieron para que lo lograra. No consideré regresar al lugar donde crecí y donde se encuentra el seno familiar. Ni siquiera le di importancia. Es triste no darse cuenta de que es importante contribuir en la familia, crecer en ella para alimentar el calor humano de los padres y de los hermanos y hermanas, de los amigos que crecieron con uno.

Que tonto fui al creer en la perfección cotidiana de una familia angloamericana como la vi en *Leave It to Beaver* y *Ozzie and Harriet*; en la ética de trabajo de los protestantes de los pioneros representados en la *Little House on the Prairie*; en el espíritu individualista de un explorador que viaja hacia el oeste conquistando montañas y praderas más desafiantes. He creído en ser un pionero, un explorador al estilo Lewis and Clark y creer que una ciudad como St. Louis, Missouri, es símbolo de "la puerta al oeste" —The Gateway to the West. He creído en cabalgar con vaqueros donde los jinetes son como Shane; en dialogar con los paisanos de John Steinbeck en el valle de Salinas, California; en creer en los discursos de Knute Rockne y Vince Lombardi; en lamentar el suicidio de Hernest Hemingway. Confieso que he pecado porque nunca he creído sinceramente en estas cosas. Ha sido un simulacro, una falsedad que me he forzado en creer, desde los primeros años de mi preparatoria cuando uno de mis profesores de inglés nos dijo que gozáramos de estos años porque eran "the best years of your life". No sólo me forcé a creer en sus palabras, sino a vivir también este engaño, cometiendo muchas estupideces en el camino.

He pecado porque he vivido mi vida en la sombra de una sombra que me ha cubierto de fantasmas y que no permite que la luz de la veladora del Sagrado Corazón me ilumine y me cobije. Quiero confesar mi falta de sinceridad porque mi vida por este camino es falsa. He estudiado, me he graduado de instituciones donde me matriculé según los estándares de la sociedad dominante, no la de mis padres, que para ellos lo más importante era encontrar un trabajo honrado para mantener a una familia y estar cerca de ellos. Me lo dijeron cuando salí de casa para estudiar una carrera que se ofrecía en mi propia ciudad: "¿Para qué te vas? ¿Qué necesidad tienes de irte?". No les hice caso. Me fui porque la sociedad decía que las personas no deben depender de los padres después de cumplir cierta edad. Que era absurdo y una debilidad de carácter tener ya los 18, 19, 20 años y seguir viviendo con ellos.

Mis padres me repitieron las mismas preocupaciones cuando salí de California para buscar trabajo en otro estado, agregando: "Cuida tu trabajo. Quédate en un solo lugar. Sienta cabeza". Pero era más fuerte el consejo de un padre de la televisión —el señor Anderson de *Father Knows Best*— que me aconsejaba indirectamente a volar por el mundo, a no limitarme, a no permanecer en la mediocridad, a no ser como otros de mi raza: un clon controlado por otros clones.

Así lo hice. Toda mi vida seguí esta manera de medir el triunfo y el progreso y ahora, Padre, le confieso que me siento muy perdido y confuso porque esto no me ha dado tranquilidad o felicidad.

Le confieso que me siento culpable porque me he lanzado por este camino sin destino, aislado de todo y de todos. Si llego a casarme temo alejar a mis hijos de los abuelos, de los desayunos con los tíos, de las fiestas de cumpleaños de los primos, de los detalles de la vida que hacen que nuestros triunfos y derrotas tengan sentido, de los detalles que hacen aguantar nuestras contradicciones e inseguridades.

Pido perdón porque siento que he engañado a mi familia, a mis amigos, a mi comunidad y, sobre todo, a mí mismo. Reconozco mis errores y vivo en las garras del sufrimiento. Reconozco las consecuencias, pero ya no quiero seguir viviendo con este peso que tanto me agobia.

Confieso que no le doy valor a lo que tengo y al papel que me ha dado Dios en la vida. Por eso le pido perdón para que el Señor tenga piedad de mí. Pido perdón por mi falta de sinceridad y de entrega. Por no creer en el Señor y en lo que ha creado. Abogue por mí, Padre, para que Dios me lleve a la senda de la salvación, porque deseo tener paz en mi vida y en mi corazón y caminar con propósito por lo que queda de mis días.

Cuando muera quiero morir con dignidad y dejar las cosas ordenadas y en su lugar. Quiero morir digno de recibir el último sacramento, que espero usted me bendiga cuando llegue ese momento.

EL TAPETE ROJO

I

El hombre subió al ático de la casa para bajar las cajas de artículos navideños que no había visto por meses. Buscaba las cajas pequeñas y medianas que en enero pasado había llenado con esferas descarapeladas y brillantes, hilos de luces de colores y decoraciones compradas en tiendas Hallmark de osos polares, perros juguetones y ratones traviesos. El hombre bajaba las cajas no sólo para ayudar a decorar el árbol de Navidad, sino también para revivir recuerdos almacenados en esos espacios cuadrados de cartón que salían a comulgar con el polvo de la casa por lo menos una vez al año.

El hombre penetró la oscuridad del ático y se sentó torpemente en el piso de tabla mirando hacia el cuadro de luz que acababa de cruzar por la escalera. Desde ese punto miró hacia abajo, hacia el interior del garaje donde se veían las manchas negras de aceite salpicadas por el piso de concreto. No se atrevía a agacharse y asomar la cara por el hueco cuadrado por miedo de perder el equilibrio y estrellarse la cabeza contra el piso. Era mejor no arriesgarse y permaneció inmóvil, sentado, quieto en el interior del ático dejando que la oscuridad lo absorbiera. El aire fresco de la temporada lo ponía de buen humor. "Si así estuvieran todos los días no me quejaría de vivir por acá", decía mientras colocaba el reflector amarillo entre las piernas. La luz del día entraba por las hendiduras de la madera y por el cuadro abierto por el que había subido. "Porque sólo en estos meses se puede gozar del tiempo. El resto del año es una terrible tortura aguantar tan intenso calor", decía en voz alta como si ese alguien estuviera escuchando su lamento. El hombre no exageraba. En verdad no aguantaba el calor de estas partes del país. Se prometía una y otra vez que algún día se saldría para siempre de esta ciudad para entregarse a la grandeza de los árboles y las montañas de otros espacios geográficos más amenos. Era una promesa que se había convertido en una obsesión, a tal punto que la codiciada partida pronto se transformó en una petición por el cumplimiento de un milagro. Sin embargo, nunca se realizó el milagro. El verano y el otoño pasaban, entraba el invierno, se suavizaba la ansiedad, se imponía lo práctico de la costumbre, llegaba la Navidad y allí estaba el hombre nuevamente sentado en el piso de tabla del ático, rehusando prender el reflector, tomando su tiempo para buscar las mismas cajas que contenían los artículos navideños de años pasados.

Cuando el hombre prendió el reflector lo dirigió a los lugares acostumbrados donde se encontraban las cajas con decoraciones de las fiestas de Thanksgiving, Easter, St. Valentine's

Day, Halloween. Acostumbrado a creer en el azar, apuntó la luz hacia el techo como si fuera a descubrir algo importante y novedoso. Pero nada había cambiado en el transcurso del año. En el hueco oscuro de su espacio todavía se encontraban la punta de clavos picudos que salían de las tablas del interior del techo. Los cables de la luz corrían solitarios por las mismas vigas, y el par de muletas de madera, las que usó de adolescente, seguían acostadas para recordarle del tobillo roto que le impidió terminar la temporada de basketball en el 8th grade. La luz paulatinamente exploró cada rincón del interior del ático e iluminó postes gruesos y delgados, polvo y píldoras de excremento de ratón. El hombre quería explorar todo el espacio antes de dirigir la luz al lugar donde yacía —como tumba— un enrollado pedazo de tapete rojo. Una vez al año la presencia de este tapete rojo cobraba vida y, con él, su romanticismo de romper la ley del tiempo y regresar a un pasado de promesas inalcanzables. Pero le daba pena y temor sentirse así. Y al ver el tapete acostado sobre el piso prometía que ese año sí lo bajaría del ático para tirarlo a la basura.

II

El tapete rojo había sido parte de una alfombra grande que los padres del hombre habían instalado en la casa que lo vio crecer. Su textura, su color rojo vivo habían sobrevivido por años las interminables pisadas de zapatos y manchas de lodo. Aguantadora y valiente, la alfombra había amortiguado las indiferencias y los placeres de la casa. Conocía los secretos de todos los miembros de la familia y los supo callar incondicionalmente.

La alfombra roja se mantuvo en buena condición a través de los años. Todos se acostumbraron a verla y a sentir que era parte importante de la casa. Pero, a pesar de que la familia la pisaba diariamente —durante su niñez y adolescencia—, el hombre no pensó en la importancia que este pedazo de material rojo pudiera tener en la vida de su familia, ni mucho menos en la de él. Porque ni cuando salió de la casa para irse a estudiar a la universidad sintió una separación dramática de la alfombra. Pero fue después de su partida que hubo cambios en su viejo hogar y en la percepción que se tenía por la vieja alfombra. Sus padres pidieron un crédito hipotecario, se pintó la casa, se compraron cortinas floreadas, sofás blancos y otra alfombra que combinara con los colores de las paredes recién pintadas. El hombre aceptó los cambios sin reproche alguno. "Tú ya no vives aquí", se decía, "es y no es tu casa", repetía cuando llegaba por la noche en sus visitas mensuales de la universidad. Pero sintió curiosidad por saber qué pasaría con el destino de la alfombra roja. "¿Qué van a hacer con ella?", les preguntó a sus padres tratando de no darle importancia a su inquietud. Antes de escuchar la respuesta —sabía que iban a deshacerse de ella— se adelantó y le pidió a su padre que le cortara un pedazo de la alfombra para guardarla y tenerla de recuerdo. "Para recordar la infancia y mantener vivo un pedazo de mi vida en esta casa", le comunicó. Su padre aceptó tal razonamiento. Le cortó un pedazo grande, el mejor según su criterio, y se lo enrolló como bulto, colocándolo verticalmente en una de las esquinas del garaje donde permanecería inmóvil por años.

Pasó el tiempo, llegaron días importantes en la vida del hombre: la graduación universitaria, la entrevista de trabajo, un noviazgo platónico, el ahorro para irse aún más lejos de la casa. Cuando llegó el momento de alquilar el camión Ryder y de meter cajas de libros, de papeles y maletas llenas de ropa, el hombre se dio cuenta de que la alfombra que le había cortado su padre era demasiado grande y pesada para cargar en el pequeño camión de mudanzas. Una vez más le pidió a su padre que le cortara otro pedazo, esta vez más pequeño, del tamaño de un tapete. "Al fin y al cabo, los recuerdos no se pueden medir en pies cuadrados", comentó. Su padre nuevamente entendió tal razonamiento y le cortó otro pedazo; esta vez un corte cuadrado casi perfecto. Cuando terminó, lo enrolló cuidadosamente y lo ató con un cordón blanco de hule. El tapete rojo fue colocado arriba de una caja de cartón y cruzó varios estados del país. Cuando llegó a su destino, el hombre vivió en un apartamento por varios meses y el tapete rojo fue colocado detrás de cajas que no fueron abiertas por meses. El hombre pronto se embebió en el trabajo, alquiló una modesta casa y cuando empezó a meter los muebles, decidió que el tapete rojo no encajaba con el color de las paredes. Para mitigar algún sentimiento de culpabilidad y abandono hacia el tapete, el hombre lo colocó en la esquina del comedor por una temporada, después por otras en los rincones de los closets de todas las habitaciones. Más tarde el tapete fue trasladado a un rincón del garaje hasta que, por fin, el hombre decidió subirlo al ático para colocarlo en un lugar donde fuese fácil de encontrar si lo necesitara. Pasaron los años, dos, tres, cinco, y con cada subida y bajada que el hombre hacía anualmente al ático se convencía de que el tapete rojo ya no encajaba en ningún espacio de la casa. Sin embargo, en todos esos años le fue imposible deshacerse de él.

III

El círculo de luz creado por la fuerza del reflector que el hombre manipulaba cayó sobre el tapete que yacía inerte en el piso polvoriento del ático. El tapete rojo se veía insignificante, tieso como un trapo seco, arrugado por los años. Pero, para el hombre, el tapete albergaba cierta chispa de vida. Él no podía explicarse por qué el tapete rojo le conmovía tanto; de por qué se aferraba a creer que era importante no deshacerse de él; de por qué le había pedido a su padre que le cortara ese pedazo de material sólo para tenerlo almacenado por años. Éstas eran preguntas que siempre se hacía cuando subía al ático y pensaba en su pasado. Quería igualar la fuerza del tapete rojo con la de una fotografía o un escapulario, objetos de recuerdo y de fe. Pasaba mucho tiempo pensando en la validez del tapete, en su afán por cargarlo por tantas millas a lo largo del país. ¿Cuál era el propósito de llevárselo fuera de la ciudad que lo vio crecer para esconderlo en rincones de cuartos menos familiares y remotos? Se esforzaba en recordar algún triunfo o momento culminante que justificara "el recuerdo indeleble" que se había llevado de su casa por medio de este tapete. Pero ¿qué recordar para revivir un dulce momento de vida en la casa de sus padres? El único recuerdo que lo conectaba con su niñez era un golpe fuerte que sufrió su madre en el labio inferior un día de diciembre mientras él estaba sentado en esa misma alfombra roja, mirando la televisión —porque la única imagen que verdaderamente recordaba de su niñez era el estar sentado enfrente de un televisor mirando programas de caricaturas sin darse cuenta de la vida a su alrededor. El susto y su incapacidad por hacer algo por ella causó en el niño, ahora hombre, una angustia que jamás pudo arrancar de su corazón. El estar y no estar en la casa. El vivir y no saber el dolor de su madre, ni por qué le sangró el labio ese día. El vivir por años bajo un mismo techo, crecer y no saber lo que había vivido en su hogar era la explicación que él se daba para razonar su afán para prolongar la vida del tapete rojo.

Esta incógnita había impulsado al hombre para entregarse al idealismo y al romanticismo de conquistar lo desconocido. "Si conozco mi cultura conoceré a mis padres y le daré esencia a mi vida", decía cuando trataba de darle sentido a sus ambigüedades. Así se explicó el peregrinaje que lo llevó por desiertos, bosques y llanos del suroeste del país durante sus años universitarios. Quería encontrar lo que él creía haber perdido en un pasado no vivido, practicando el idealismo y el romanticismo de los movimientos culturales y sociales que aprendió en libros de historia y de literatura. Pero estos movimientos pertenecían a otra época, a otros contextos ya desaparecidos. Por esa razón, la búsqueda fue efímera e infructuosa.

Ahora, enfrentándose a los mismos fantasmas del pasado, sentado con el reflector entre las piernas y cobijado por la oscuridad del ático, el hombre se sentía ridículo y confuso pensando en la lógica de sus inquietudes. Cuestionó nuevamente la existencia de un tal ombligo de Aztlán para justificar su creencia en las vírgenes y en los santos y en las imágenes a las cuales les rezaba su madre. En el silencio que lo acompañaba se imaginó oír las voces de las mujeres y los hombres sabios que lo llamaban, que le pedían que regresara a recuperar una voz y un espacio bendito que, sin querer, había perdido en esos peregrinajes insólitos que hizo por el país en busca de sí mismo. En ese momento sintió unas ganas inmensas por regresar a la semilla, a la raíz de su vida para atender esas voces que imploraban su regreso. Pensó que podía lograrlo realizando el milagro de liberar el tapete rojo de la soledad de su triste y oscuro destino. Como a un hijo pródigo —dolido y arrepentido por haber abandonado su hogar— lo regresaría a la casa de sus padres. Allí lo extendería sobre la superficie de la alfombra para "sentir" cómo encajaba con el color de las paredes, de las cortinas floreadas y de los muebles blancos. Buscaba un lugar donde el tapete rojo pudiera ser útil dentro del contexto de su nuevo y, a la vez, viejo espacio. Pero el hombre se dio cuenta del cuadro absurdo que estaba construyéndose y de cómo el destino del tapete, así como el de su propia vida, se encontraba dentro de un recipiente lleno de ceniza y de polvo de arroz. Era inútil arrebatar el recuerdo de un pasado que ante la ley de la vida era inexistente.

Y, sin embargo, la posibilidad de celebrar un triunfo o de lamentar otro fracaso era lo que motivaba al hombre a bajar las cajas llenas de adornos navideños una vez más y de postergar —posiblemente rechazar— la destrucción de los recuerdos que generaban en él la textura áspera y el color ahora pálido del maldito tapete rojo.

PUNTO DE DESCANSO

Parado en una piedra, con el pico del cerro a sus espaldas, el hombre destacaba la vena de chapopote que se extendía a lo lejos como una tirita de hilo negro por el vasto y silencioso desierto. Abajo, la carretera vibraba a causa del calor intenso y sofocante de Arizona. La línea recta y fina de carretera era rota inesperadamente por las chispas de luz que rebotaban de los tanques cuadrados o redondos de los camiones diesel que transportaban lechuga congelada o leche refrigerada a diferentes ciudades de los Estados Unidos. Vistos desde una lejana altura, los camiones, miniaturas de trocas largas de dieciocho llantas, escudaban con sus paredes de acero inoxidable los rayos punzantes del sol, divagándolos al azar por el espacio para incomodar la niña de los ojos de las águilas, de los coyotes, o de la mía, que si fuera ese hombre parado en ese cerro, seguro que guiñaría el ojo o torcería el cuello para evitar el impacto del reflejo de las poderosas chispas de luz que lograrían escandalizar con agudeza la sensibilidad de mis ojos.

Otro que estuviera parado, alimentado por la costumbre, o alimentándose de la experiencia, ignoraría la presencia de los camiones. Se agacharía a sacudir el polvo de las botas o a seleccionar con los dedos piedras redondas para lanzar curvas y rectas, screwballs y knuckleballs a los ojos negros y huecos de las caras desfiguradas de los numerosos saguaros estancados por la superficie polvorienta del desierto.

El hombre, parado en la falda del cerro, esperaba días, semanas, a veces años para seleccionar entre miles de carros uno que le llamara la atención. Esta tarde el hombre dejaría resbalar las piedras por las yemas de los dedos y pasaría por su frente el dorso de una sudada mano para destacar un carro Duster '70 que fluía por la carretera a sesenta y cinco millas por hora. El chofer del vehículo hablaba en voz alta: "Alguien me ve. Alguien se está alimentando de mi presencia. Lo presiento. Puede ser que me esté observando parado en la punta de aquel cerro infectado de saguaros o arriba de aquel puente que acabo de pasar. Me ve. Siento su mirada. Estoy llamando la atención".

Cuando terminó de articular la última palabra, el chofer del Duster amarillo sintió la necesidad de levantarse brevemente del asiento de vinilo para despegar el calzón de la carne que, con el calor y las largas horas en el camino, lo hacían sudar incómodamente. No usaba camisa ni zapatos. El radio portátil que lo acompañaba en su regazo no le servía. Ninguna radiodifusora que le apetecía escuchar sintonizaba adecuadamente. Afirmaba su aburrimiento hablando en voz alta.

"Si por mí fuera, ya lo hubiera mandado a volar. ¿Qué cree? ¿Qué iba a tomar ligera su humillación?"

Con ambas manos apretó levemente el volante forrado de cuero blando y reiteró el diálogo que había memorizado y que varias veces había articulado en voz alta ese mismo día:

"¿Qué pasa, hombre? ¿Qué haces por acá?"

"Tomo unas clases en la universidad. Ando acumulando créditos".

"¿Y por qué no te habías comunicado antes?"

"No dejo de estar ocupado. Además, tú trabajas".

"El cabrón sabe por qué no traté de comunicarme con él", continuó el chofer hablando en voz alta. "Me hubiera adelantado prematuramente lo que me dijo ayer: 'Me vine a Phoenix porque me ofrecieron más dinero. La compañía crecía y los jefes decidieron abandonar California. Para mí fue una gran oportunidad cambiar de ambiente. Me siento a gusto. Pude enganchar una casa, casarme y tener hijos...' Esa seguridad de sentirse el más fregón de todos nosotros es lo que más me arde. Vivir todo un año en Arizona con esa actitud apachurrándome el cuerpo, con esas palabras taladrándome la cabeza, hubiera sido insoportable tolerar; suicida. Muy bien, no lo quiero decir, pero te felicito, pendejo. Pero ¿crees que yo no tengo dinero? ¿Que tú eres el único que puede manejarlo? ¡Diez años! Nuestra reunión escolar de diez años sirvió para convertirse en un tribunal testigo de nuestros triunfos y fracasos económicos. ¿Por qué te fuiste? Ahora tendré que convencerte de que la propiedad de mis padres algún día duplicará de valor y será mía. Entonces me cae que hasta me comprometo a limpiarte la baba cuando me veas contar los billetes. Como si eso te importara. Pendejo, enfatizaste tu estabilidad económica deliberadamente. Interpreté bien lo que tu mirada me quería decir: 'Lee mis labios. Trágate mis palabras. Analiza mi vida y convéncete que tengo algo por qué luchar. ¿Sabes por qué? Porque me empedaba contigo y con los otros batos, pero no dejaba de estudiar cuando tenía que hacerlo. ¿Sabías que me ponía a leer cuentos y novelas cuando estaba solo? ¿Que cuando tomábamos juntos yo les ponía atención a las etiquetas de las botellas de cerveza mientras tú las pellizcabas y las enrollabas hábilmente en pedazos mojados para disparármelas a la cara? Reías a lo loco, quizá por lo estúpido que me veía cuando lograbas atinarle al ojo. Te empinabas la botella con arrogancia, con una desesperada urgencia de apagar la sed que torturaba el estómago. Bebías fuerte, espantado, con temor de que ese trago fuera el último que burbujeara por tu garganta. Pobre hombre, siempre tan solo e indefenso. Mírate ahora, ¡derritiéndote en el desierto en vano! Te afanas estudiando los mapas de los centros metropolitanos de Arizona y de las ciudades universitarias de todo el sur de California. Tus dedos caminaron por miles de números telefónicos en los directorios más gruesos de las bibliotecas públicas. No tuviste problema en encontrar ni mi calle ni mi número de teléfono. Lo guardaste en un rincón exclusivo de tu gastada cartera. Dormiste en tu carro cerca de mi casa varias noches para seguirme y verificar si trabajo en un edificio de veinte o treinta pisos cubierto de vidrios ahumados. Un determinado día esperaste a que cerrara la puerta de la oficina antes de salir del elevador para caminar por el pasillo alfombrado hacia ella. Deletreaste mi nombre que parecía palpitar cuando lo viste estampado con letras mayúsculas en la superficie de la puerta. Lo tapaste con las palmas de las manos para sofocarlo. ¡No lo lograste! Tuviste que tragarte la envidia, la angustia de no poderme hundir empedándote en el bar de tu hotel. Pero no te darás por vencido. Eres difícil de caer. La envidia no te lo permite. Tratarás de justificar una visita. Me llamarás a la oficina para escuchar mi voz y verificar que en efecto soy yo el que trabaja en tal compañía. Dentro de ti rogarás que te confiese la suma de dólares que me estarán pagando, cantidades que tú ya estarás calculando…' Eso es lo que quiso decirme el pendejo con su mirada. No me importa. Que se burle de mí. Que se ría cuando piense en mí. Porque pensará en mí cuando esté, hora tras hora, esperándome en el bar del hotel. Se impacientará después de beber su primer trago. Ordenará otro. Visitará el servicio de baño. Después

169

de la hora se resignará; sabrá que no llegaré, pero de todas maneras ordenará una última bebida. Sus labios se cerrarán y los apretará. Su corbata estará relajada alrededor del cuello. Las piernas extendidas tocarán la alfombra con los zapatos mientras los pulgares acariciarán el vidrio de su vaso... y pensará en mí, en un recuerdo de nosotros. Recordará cuando hace años los dos acompañamos a Vince González a Fillmore al torneo de baloncesto que nunca vi porque me importaba poco el espíritu escolar. Él y Vince entraron al gimnasio portando con orgullo sus chamarras escolares, comiéndose con la mirada las piernas redondas, de vellos delicados, de las porristas uniformadas con faldas cortas de color rojo y blanco. Yo me fui con otros cuates a caminar rumbo al monte opuesto al gimnasio. Refugiados en la oscuridad nos acurrucamos en un surco próximo a la huerta de limones. Allí empinamos las botellas de cerveza Miller. Invadimos el aire agrícola, húmedo, fecundo, con el aliento de nuestra torpeza. Permanecimos sentados en cuclillas, apendejados, apretando delicadamente la colilla de un cigarro enano. Chupamos más licor, contaminamos con más humo nuestros pulmones. Todo pedo y atarantado, no me importaba la brevedad de la vida. Después del partido, tú y el Vince me buscaron por el estacionamiento. Mientras decidían si era mejor esperarme sentados en el carro o ir a reportar mi ausencia a la policía local, yo yacía boca arriba, solo, sepultado en el surco, mudo, incoherente, entumecido, tratando de desgarrar estrellas del cielo. Recordarás este pequeño detalle de mi vida al beber tu tercer trago. Me mandarás al infierno —como lo hiciste otras noches— mientras yo sigo comiendo millas, sesenta y cinco millas por hora, en esta carretera que terminará como un rollo de película en la costa de Santa Mónica, California. ¡Pinche es el destino que se enfoca tanto en ti!"

Una fuerte necesidad de orinar interrumpió las palabras que salían secas de la boca del chofer. Medio cerró los ojos para atisbar el letrero colocado al lado derecho del camino:

Buckeye	10 miles
Blythe	150 miles
Los Angeles	390 miles

Cuando llegó a las afueras de Buckeye, el chofer se desvió del camino y estacionó el Duster en la gasolinera más cercana a la carretera. Debajo del asiento sacó, a tientas, un aplastado zapato que tapaba accidentalmente la cabeza amarilla de un bote medio lleno de aceite Pennzoil. Pensativo y, a la vez, desorientado, buscó el otro zapato que sin duda alguna también yacía apachurrado en otro lugar del interior del carro. Afuera del coche se abotonó su camisa polo, se acomodó con ambas manos una visera blanca y, adelantándose a la amenaza de una punzada en las sienes por causa de los rayos intensos del sol, se apresuró a penetrar el refugio de una sombra.

En el baño el chofer orinó detenidamente. Se lavó las manos. Se las secó moviéndolas letárgicamente por el aire. Las
sopló. Las resbaló con fuerza a lo largo de las bolsas vacías
de los pantalones cortos. Titubeó. Se despegó la visera engan-
chada entre los dedos mientras la otra mano formaba un pequeño lago de agua que salía tibia del grifo y que derramó
metódicamente por la superficie de la cara. Permaneció varios minutos agachado, saboreando el líquido salado que le
humedeció los labios. Tuvo cuidado de que ninguna de las
gotas de su frente cayera fuera del lavabo. Satisfecho, el chofer se incorporó. Penetró los ojos en la superficie del espejo
oxidado y se ajustó de nuevo la visera.

El chofer se paró brevemente afuera del carro aparen-
tando pertenecer al ambiente que lo rodeaba. Movió la cabeza de manera horizontal estrechando los músculos del cuello. Analizó el paisaje árido del desierto moviendo la cabeza
como afirmando, apenado, la culpa de un pecado. El dependiente de la gasolinera se aproximó a él, las manos ahorcando
un trapo rojo:

"You need anything, an oil change?", le preguntó con
voz ronca antes de llegar físicamente al cliente.

El chofer se rascó la nuca. Su cara dibujó una leve mueca
de fastidio.

"Nothing. No big deal. I stopped to use the bathroom.
Any decent jobs around this place?", le preguntó, sin darse

cuenta.

El dependiente no tomó en serio la pregunta, pero cuidadosamente fingió el enfado que le había causado el chofer.

"Not too many around here. Then again, it all depends on what type of work you are looking for."

"Nothing in particular. I'm just curious, that's all," contestó el chofer sin importancia.

Antes de continuar su camino, el chofer entró a la pequeña tienda dentro de la gasolinera y compró una bolsa de hielos cuadrados, un seis de Pepsi y una bolsa king size de Doritos. En el Duster se quitó la camisa y la extendió en el asiento de atrás, ambas mangas bien dobladas. Tiró el agua de hielo derretido y metió el nuevo que chocaría torpemente con la superficie de las latas de refrescos y con una botella media llena de agua fresca. Conforme de que todo estaba en orden, el chofer se acomodó en el asiento, se quitó los zapatos despintados y los empujó con el talón izquierdo debajo del asiento, forzando a que la lata media llena de aceite Pennzoil se reajustara en su nuevo espacio. Se acomodó los calzoncillos, se pellizcó las bolsas delanteras de sus pantalones cortos, torció la muñeca para echar a andar el motor y, con una mano en el volante y su codo apoyándose en la ventana, el chofer salió para siempre del lugar.

EL CAMINO

Está en la sala familiar, sombría
y entre nosotros, el querido hermano
que en el sueño infantil de un claro día
vimos partir hacia un país lejano.
Antonio Machado

Me gustaría encarnar el alma de ese eterno viajero que en los primeros años del siglo peregrinaba por su tierra caminando entre huertos fértiles de olivos y naranjos. Un hombre curioso hasta de su sombra que sabía absorber la luz atrapada en las profundidades de una noria y extraer vida de fuentes de aguas cristalinas. Una de sus metas era resucitar un pasado que sirviera de refugio a un angustioso presente. Me gustaría creer que, al igual que ese viajero, yo me puedo apartar de mi geografía desbordando tan gloriosas ambiciones. Pero en mi tierra no existen olivos frondosos ni naranjos que nacen al azar. La tierra no parece tierra. En ella no existen puentes construidos para entristecer aguas a causa de su sombra, sólo puentes hechos de concreto, fríos, donde circula un carnaval de vehículos que engrandecen su poder.

Me gustaría hablar de mi retrato, decir, como lo dijo ese viajero, que la infancia está llena de recuerdos de un patio donde llega a madurar el limonero. Todo para endulzar rostros agonizantes, pienso. Qué valiente es el no vivir enmascarado y morir como él fabricó su muerte: en el último viaje abordar la nave "ligero de equipaje, casi desnudo, como los hijos de la mar". Pero en mi caja de recuerdos no existen patios donde se dialoga con la eternidad. No crecen limoneros que perfuman el aliento urbano. En mi tierra, tristemente, todo es pasajero. Nada llega a madurar. Nada presume ser eterno.

Me gustaría decir que busco en mi juventud, en mi inmediato pasado, la solución a mis inseguridades. Me gustaría creer que por medio de ella podré rescatar un rostro en masa. Deseo encontrar en el pasado capítulos de vida que no recuerdo haber vivido; recuperar la voz del alma, si es que existe, para que nutra esencia y me arranque de la angustia de caer en laberintos de memorias de cristal.

Me gustaría creer que el camino tiene un fin; que se puede pasar por la vida con los pies firmes sobre la tierra; que, en efecto, es humano edificar un destino propio; que una puerta de salida es la entrada a otro lugar. Quiero creer en toda esa riqueza de posibilidades para salir de la ciudad emocionado, brillando dentro de la chispa de un segundo; de salir optimista, como un domingo de misa, cuando uno cree en la existencia de las eternas preguntas y se emprende a vivir sueños heroicos para contestarlas, pensando que tal vez la oración sí es el fruto del silencio.

No lo niego, soy un inexperto actor que duda emular las acciones de ese hombre humilde y colosal. Sin embargo, dentro de mí hay algo que me estimula a peregrinar por la tierra bajo la promesa de modificar mi romanticismo. En mi tierra no se puede arremangar la camisa y caminar deseando alimentar el aliento de un capricho. Es incongruente. Puede ser suicida.

En mi camino no habrá necesidad de que mis pies toquen tierra firme. El viaje tomará lugar detrás del volante de un vehículo donde viviré enjaulado por semanas, meses, años, dentro de un cubo de metal. En nuestra tierra es inconcebible viajar de otra manera. Mi velocidad: sesenta y cinco millas por hora. A este paso observaré la naturaleza tras la claridad de un parabrisas y con el aire desgastando suavemente uno de mis codos. Pasivo ante su fuerza, viajaré mirando de lejos a los legendarios saguaros y los monstruosos árboles Joshua. Con suerte detectaré coyotes, correcaminos, lagartijas cuernudas, pero no los tocaré. Cruzaré el Mojave, el Sonora, el Chihuahua; desiertos antes cubiertos por mares prehistóricos. Oleré polvo. Comeré calor. Beberé mi propio sudor. El cielo será eternamente azul y la aurora, también la puesta de sol, dibujarán trompetas radiantes en un horizonte que anunciará el inicio y el fin de una conquista. Será inalcanzable su esplendor y me sentiré pequeño ante su fuerza.

Mi recuerdo infantil se me presentará por medio de los retrovisores que acariciaré con ternura. Servirán como pantalla donde el pasado efímero se comunicará con un presente que estallará como relámpago ante mis ojos. Mi vida, expuesta ante el contexto de otro panorama geográfico, será diferente. Será otra vida. Lejos dejaré la zona escalofriante donde la vida se presenta como proceso interminable de movimientos continuos que enajena y causa ambigüedad. Y pensaré en lo ilógico que es buscar movimiento dentro de un mundo en movimiento. Todo con el fin de salir de un espacio para regresar y poder plantar raíces en el mismo lugar del que se sale.

Hasta ahora mi camino se ha limitado a viajar por coche por las gruesas venas de supercarreteras que se autoalimentan las unas con las otras sin cruzar fronteras. Mi paisaje: un simulacro llamado paraíso que seduce al ofrecer un sinfín de palmeras que se extienden hacia el cielo y de cordilleras majestuosas que se hunden al pie de la arena frágil del Océano Pacífico. Una tierra real y mágica es California, y por eso no la siento mía.

Al partir no masticaré nostalgia. No habrá polvo flotando a mis espaldas. Sólo edificios altos e intocables. El camino que me espera lo imagino reflexivo, iluso y a la vez prometedor. Sentiré sed. Hambre por crear posibilidades. Por ejemplo, si el motor del vehículo falla, me veré obligado a construir mi propio camino: seguir, paso a paso, el hilo de carretera que alguien previamente ha dibujado ante mis ojos o aventurarme a mi suerte caminando hacia las montañas más cercanas y dejar huellas por todo el suroeste; tal como los conquistadores antes lo hicieron, y nómadas incógnitos antes que ellos, para que un soñador años después las descubra y juegue en descifrarlas.

Salir para regresar. Salir para plantar raíces en el mismo lugar del que se abandona. Salir para petrificar huellas o para desaparecer sin que a nadie le importe. Parece ilógico el proceso. ¡Qué suerte la de ese hombre que pudo caminar por su tierra, alimentándose de la flor y del naranjo y de la fragancia del limonero! Mi deseo es seguir sus pasos y valorar lo que ofrece mi tierra; una tierra humana, complicada y benévola que, cuando se aproxime el momento de mi regreso, pueda ser que su palmera, su árbol Redwood, su Sierra Nevada, su Océano Pacífico, la fuerza de un terremoto, toda su esencia, me reciban hambrientos para tragarme con la rapidez de una venganza; o tal vez se presenten piadosos al ver el cuerpo vacío de un hombre sin cara, aún en masa, y me resuciten alimentándome frescura y misericordia con la fuerza de un segundo, colocando ante mis pies un pedazo de montaña donde, desde su cúspide, pueda dibujar mi propio mundo.

VIENTO AMÁRRANOS

Mi infancia tuvo un propósito. Tuvo que tenerlo. Si mis padres no me hubieran traído a los Estados Unidos no estaría hablando de ella de esta manera. No existirían estos cuadernos que escribo para relajarme. Al contrario, yo sería parte de una ciudad mexicana viviendo lo cotidiano de otra vida, asistiendo a celebraciones de cumpleaños, a graduaciones escolares y bodas con música de mariachi o norteña. Soñaría hablar inglés y añorar viajes a Disneyland y a Universal Studios. Es lo que hubiera pasado si hubiese crecido en México. La curiosidad despierta la duda. Pero, qué importaba si de niño no hubiese salido hacia el norte, si de todas maneras hubiese sido inevitable que el viaje se realizara en un futuro, posiblemente después de salir de la secundaria o la preparatoria, a los catorce o dieciocho años de edad.

Para mis padres el viaje hacia el norte fue inevitable. Acababa de cumplir siete años cuando mis padres me dijeron que nos "íbamos de viaje" y que esa Navidad el Niño Dios no traería regalos a casa. Primero iríamos a Guadalajara, Jalisco, a recoger a unos tíos que se encargarían de cuidarnos en Tijuana mientras mi papá, que ya trabajaba en California, nos arreglaba los papeles para cruzar legalmente la frontera.

Mi madre y yo, junto con mis tíos, vivimos seis meses en Tijuana. Llenamos solicitudes migratorias, nos tomamos fotografías tamaño pasaporte, visitamos oficinas de inmigración para legalizarnos como residentes permanentes de los Estados Unidos. En el transcurso de ese tiempo mi mamá, que estaba embarazada cuando salimos de nuestra casa, se pasó la mayor parte del tiempo en la cama, débil y enferma. En una noche común y corriente dio luz, pero lamentablemente perdió a mi hermanita sin tener que salir del cuarto donde vivíamos. Mis tíos la consolaron lo más que pudieron. Después de que se recuperó la animaron a salir a la calle para que se le "despejara la cabeza", pero no lo hizo. Le tenía miedo a las calles de Tijuana. Dejaba que mi tía saliera a comprar los tomates, los garbanzos y la calabaza para el caldo de pollo; los dulces y las ciruelas pasas para los premios del juego de la lotería; las veladoras para el altar donde se rezaba al Sagrado Corazón de Jesús, a la Virgen de San Juan de los Lagos, a la Virgen de Guadalupe, a San Martín de Porres o al Santo Niño de Atocha por la protección de mi hermanita en el más allá. Yo no iba a la escuela y acompañaba a mi tía al mercado, a la iglesia, al Woolworth de México a comprar soldados de plástico y pistolas de agua; también, al puesto de revistas para comprar ejemplares de Los Supersabios, Chanoc, Memín Pinguín y Kalimán; el ¡Alarma!, las

Lágrimas y Risas, para mi tía; el periódico para mi tío que trabajó como chofer para los carros "grises" que circulaban por la colonia Coahuila, por la Avenida Constitución, por la Revolución, cerca del centro de la ciudad, veinticuatro horas al día.

Cuando los papeles de residencia se arreglaron, mi papá vino por nosotros un fin de semana en junio. El sábado por la noche se doblaron las camisas, se hicieron bolitas los calcetines y se tiraron a la basura los juguetes rotos. El domingo nos levantamos temprano y los tres —mis tíos se quedarían en Tijuana— estrenamos ropa nueva el día que cruzamos la frontera. Mi papá y yo, una camisa de vestir con corbata; mi mamá, un vestido formal sin mangas. Así lo quiso mi papá porque quería que nos viéramos presentables ante los oficiales de inmigración. Crucé la línea fronteriza, consciente de mi corbata y saco azul marino; de mi cuerpo que olía a jabón Palmolive y a brillantina Jockey Club sólida, sin pensar que ese momento histórico iba a favorecer o a perjudicar el resto de mi vida.

En la terminal de camiones Greyhound de San Ysidro, California, mi papá compró tres boletos para la ciudad de Santa Bárbara. No recuerdo de qué se habló ese día en la frontera, ni qué se comió, o qué comentarios hizo mi papá acerca de nuestra nueva vida en un país diferente. No recuerdo si hubo advertencias, consejos o amenazas. Sólo me acuerdo que mis padres se sentaron juntos, sin decir una palabra, yo en un asiento enfrente de ellos, callado, mirando por la ventanilla hacia afuera.

El Greyhound hizo una parada en San Diego y otra en Los Ángeles donde transbordamos a otro camión que nos llevó a nuestro destino. Cruzamos por Hollywood, Tarzana y Thousand Oaks. Pasamos por Las Vírgenes antes de subir la montaña de El Conejo donde, en la bajada, se presentan los impresionantes campos agrícolas de la ciudad de Camarillo y de Oxnard. Al pasar el hotel Holiday Inn, en Ventura, desaparecen las casas y los centros comerciales, y el camino se convierte en un hilito de carretera abandonada a la misericordia de las montañas a la derecha y el Océano Pacífico a la izquierda. No fue hasta años después que me di cuenta de que el encuentro con este tramo de aproximadamente veinticuatro millas que conecta Ventura con Santa Bárbara impactaría mi estado de ánimo de allí en adelante. Nunca me imaginé que este espacio natural, que tarda menos de media hora para cruzar, determinaría mi paz interior y mi propósito en la vida. En esa trayectoria se encontraba mi lugar en el mundo, el lugar que conectaba la naturaleza con mi humanidad; "my bliss", por decirlo de otra manera. Pero, desafortunadamente, había encontrado mi lugar en la tierra sin aún saberlo.

Carpintería, Summerland, Montecito, Santa Bárbara. El

camión paró en la luz roja en la calle Garden (en 1964 había semáforos en la carretera 101 cuando se cruzaba por una parte de la ciudad). En la calle Chapala dobló a la derecha. Cruzó la calle Haley, Cota, De la Guerra, la Cañón Perdido. La luz roja del semáforo lo obligó a parar en la calle Carrillo. Cuando prendió la luz verde, cruzó la calle y dobló a la derecha para entrar a la terminal de camiones Greyhound. Dentro del estacionamiento dobló a la derecha para estacionarse directamente enfrente de las puertas principales del edificio.

"Welcome to Santa Barbara." El chofer, posiblemente, articuló estas palabras a los pasajeros cuando paró el motor y abrió la puerta. Pero, a lo mejor, nos dijo que había veinte minutos de descanso antes de seguir el viaje a San Francisco y que se aprovechara el descanso para ir al baño o a comer. Pero qué importaban las palabras del chofer. Las únicas que entendí fueron las de mi papá que me dijo, "ya llegamos, no busque, nadie nos está esperando, ayúdele a su mamá con los velices". Pronto subimos a un taxi amarillo que nos transportó a nuestro nuevo hogar.

Cuando mi padre abrió la puerta de la casa que había rentado entré corriendo a abrir puertas y explorar todos los cuartos. Era una casa vieja que olía a pintura fresca y a humedad. Después de meter los velices, mi papá salió a comprar comida y unos refrescos de botella. Comimos pollo rostizado y un pan similar al Bimbo —pan blanco— que comí como si fuera mi última cena ese primer día en los Estados Unidos. Cuando terminamos mi papá nos dijo que tenía que ir a trabajar, a limpiar un banco que estaba a unas cinco o seis cuadras de la casa. Por su parte, mi mamá recogió la mesa y lavó los trastes. Yo saqué mis soldados de plástico y un jeep militar que mi tía me regaló como despedida de Tijuana y me puse a jugar en la sala. Pronto me aburrí porque estuve consciente del silencio de la casa y de la calle. Mi mamá se pasó el resto de la tarde y parte de la noche sacando la ropa de los velices. Después limpió la estufa y el refrigerador, todo en silencio ya que mi mamá no hablaba mucho. No quiso que le ayudara y regresé a la sala donde saqué mi paquete de cuentos, los leí y releí hasta que mi papá regresó tarde del trabajo.

Mi papá nos trajo un pan de manzana y medio galón de leche. Cenamos dentro de un ambiente de seriedad y de cansancio. Mi papá comentó que el edificio que limpió estaba muy sucio y que los domingos se le daba una limpieza más detallada, incluso se limpiaban los vidrios de afuera y también se trapeaban los baños. Dijo que el trabajo no era difícil, pero que tomaba mucho tiempo para que una persona lo limpiara. Mi mamá estaba atenta y comprendió lo que mi papá quiso comunicarle con esa información.

Creí que por lo cansado del viaje no tardaría en dormirme; sin embargo, no pude hacerlo. No me sentía relajado. Había muchas arañas de patas largas en las esquinas de las paredes y, aunque no se movían, temía que bajaran y me picaran. Además, estaba muy consciente del silencio.

Lo que poco a poco fue mezclándose con el silencio de la noche fueron los murmullos de mis padres que, como el polvo, flotaban por el espacio de la casa. Dialogaban en voz baja cosas que no pude descifrar. Sólo recuerdo el sube y baja del tono de sus voces. Sobretodo el de mi mamá. No sé lo que dijeron, pero ese primer día en Santa Bárbara sus palabras no mitigaron el ambiente de seriedad que invadía el lugar. Tampoco el segundo o el tercero. Pasaron más días, más semanas y mi mamá siguió viviendo igual que en Tijuana, metida en la casa, sin salir o conocer a gente. Malo para mí, porque en Tijuana mi tía me sacaba, me llevaba al mercado, a la iglesia, al puesto de revistas de don Felipe. Mi tía no estaba con nosotros, pero pronto descubrí que eso tampoco importaba porque nada de esa rutina se encontraba aquí, me refiero a lo de caminar y ver gente en la calle.

Presiento que la relación de mis padres, que fue difícil desde que recuerdo, empezó a decaer desde que mi padre vino a probar su suerte en los Estados Unidos, pocas semanas después de casarse con mi madre. En los Estados Unidos se aceleró ese distanciamiento. Lo entiendo porque lo cierto es que nuestra vida familiar se ha caracterizado por el silencio que siempre existió entre nosotros. En la casa hablamos poco. Mi padre se embebió en el trabajo y literalmente trabajó de día y de noche como jardinero y janitor y mi mamá limpiando casas parte del día y ayudándole a mi papá a limpiar bancos y oficinas de seguros parte de la noche.

En la escuela me pasé todo un año sin hablar. No sabía inglés y reprobé todas las clases, menos la de matemáticas. Pero pasé año por mi edad; las monjitas pensaron que no era bueno reprobarme por el bienestar de los niños menores que yo. Para el segundo año mejoró mi inglés, no porque lo practicara con los compañeros de clase o en el barrio —no me juntaba con nadie en particular—, lo aprendí porque cuando se compró el primer televisor los sábados por la mañana pasaba interminables horas practicando los diálogos de los personajes en las caricaturas de Felix the Cat, Bugs Bunny y, especialmente, de los Beatles.

Los primeros años en Santa Bárbara pasaron como un sueño imperfecto que me cuesta recordar. Mi silencio se hizo más intenso cuando cumplí doce años en el sexto grado. Fue cuando mi papá me dijo que tenía que ayudarle en los trabajos de la noche. No me vino bien la noticia, pero no había alternativas y pronto me incorporé al equipo de trabajo. Mi responsabilidad consistía en recoger los botes de basura, limpiar ceniceros y desempeñar cualquier cosa necesaria para terminar de limpiar el edificio lo más pronto posible. El recoger botes de basura y limpiar ceniceros era cumplir con mi responsabilidad laboral. Para entretenerme llevaba un radio portátil para escuchar los juegos de baseball de Los Angeles Dodgers. Los partidos duraban tres a cuatro horas —contando el pregame y el postgame show—, justamente las horas que se trabajaba. Escuchar esos partidos me daba vida. Más que el juego mismo gozaba de las anécdotas que narraba Vince Scully, el anunciador oficial del equipo. Su descripción del juego iba más allá de describir las curvas y las rectas de los lanzadores estrellas, en aquellos años Sandy Koufax y Don Drysdale. El partido de baseball se convertía en anécdotas de la condición humana. Cuando Scully recordada a Jackie Robinson era hablar de las marchas de Martin Luther King en contra de la segregación racial en Selma, Alabama; el hablar de Sandy Koufax era recordar las atrocidades que Hitler cometió con los judíos; mencionar la vejez de Walter Alston era recordar al abuelito que cantaba canciones de Agustín Lara. Scully hablaba de lealtad, de compasión, de triunfos y derrotas, de las ironías de la vida, de los aciertos y las falsedades de los proverbios y las adivinanzas, a la vez que describía lanzamientos de strikes and balls por parte de los pitchers, y la de homeruns y line drives por parte de los bateadores. Scully le daba importancia a la esencia de la vida de los peloteros. El baseball era tema secundario, era el punto y aparte de lo que el juego en verdad significaba para ellos, y para mí.

Cuando terminaba el partido también terminaba el trabajo de la noche. En camino a casa miraba a través del vidrio del vehículo, embebido en pensamiento, fijando la vista hacia la luz de los faroles del carro que iluminaban el camino oscuro enfrente de nosotros. En la casa entraba a la cocina para servirme un plato de Frosted Flakes con la mitad de un plátano cortado en rebanadas. Les decía buenas noches a mis padres y en mi cuarto terminaba la tarea o escuchaba canciones que también me contaban historias compatibles con las de Scully. Poco a poco me acostumbré a esta rutina y a hablar aún menos con mis padres; a escudarme de ellos a través de un radio de transistores y un tocadiscos.

Crecí en un ambiente de silencio que causó una falta de confianza en mí mismo. Como resultado me sentí inútil y hasta creí que era un estorbo para mis padres y la gente que me rodeaba. Creí que ellos no se preocupaban por mi vida porque su mundo también era determinado por el silencio de su propia relación personal. Dentro de mi desesperación por encontrar un espacio propio, me refugiaba en la playa, en la frescura de la noche, en mirar a las estrellas, en el olor de los geranios.

Pero ahora, siento que la manera que he percibido a mis padres ha sido injusta y penosamente errónea. Empiezo a entender esto, posiblemente porque la vida se me está haciendo cada vez más corta. Quiero regresar al pasado y arreglar mal entendidos con ellos. Pero, ¿cómo enderezar algo que ya está torcido?

Viento amárrame. Quiero ver mi vida tras el cristal de un vaso trasparente. Quiero purificarla. Quiero llegar a términos con mi destino. Conéctame con las sensibilidades y las preocupaciones de mis padres. Hablo contigo, viento, porque eres perpetuo, siempre estás presente a través del tiempo y del espacio. Eres el que estaba presente ese día cuando nací en un cuarto oscuro de una casa durangueña; el que estaba presente en la sala de cines mexicanos donde vi películas de Enrique Guzmán y Angélica María. Eres ese viento que me llevó a Tijuana, a California; el que me acompañó en la ceremonias de graduación de la primaria, secundaria, universidad; el que ayudó a un camión Ryder cruzar el suroeste de Aztlán y que ahora me coloca en este espacio, en este desierto infestado de saguaros colosales. Viento, amárrame con el pasado, dale sentido a mi vida. Cárgame a la casa de mis padres para pedirles el perdón que se merecen.

OBSERVACIONES DEL CUADERNO TRES
EL REGRESO NUNCA ES EL MISMO

Me paré de frente al portón.
Se acercó mi perro alegremente.
Roberto Carlos

Yo también he sentido el peso del pecado. Ha sido tan fuerte que me aplasta y me siento pequeñito. No hay nada ni nadie que me anime y, con frecuencia, cuestiono la vida y mi lugar en ella. Es cuando pienso en mi madre porque me decía que, en momentos de necesidad, no dejara de encomendarme a la Virgen de Guadalupe, al Sagrado Corazón de Jesús o al hermano Pedro Guerrero. Quise hacerlo, pero antes era necesario ir a la iglesia y confesarle mis pecados al padre Alonso. Cuando lo hice, entré a la iglesia tentativo, con algo de miedo porque no sabía cómo empezar a pedir el perdón. Al terminar la confesión me sentí purificado, aunque pronto la vanidad humana de nuevo se apoderó de mí.

Por eso comprendo por qué Marco inició su tercer cuaderno evocando un perdón. Confesar sus pecados era conectarse con la fe de sus padres y llegar a ellos de la manera más directa y compasiva. Se ve que existe una desesperación por regresar a lo que él dejó en el pasado. Marco busca purgarse de una culpabilidad que lo atormenta. Supongo que las confesiones que él hace y el simbolismo del tapete rojo es un acto de reconciliación con su pasado. Aparentemente vive una vida tranquila, pero hay sentimientos que le impiden lograr una paz con sus padres. Por eso creo que este último cuaderno lo escribió recientemente. Siendo el más extenso de los tres, sugiere que Marco deseaba dar por terminada esta etapa de su vida.

Marco fue muy precavido para hablar de su pasado sentimental. Nunca compartió conmigo sus intimidades amorosas. Lo conocí como un muchacho introvertido que no habló sobre aspiraciones o futuros concretos; por esta razón no supe de sus metas cuando salió de Santa Bárbara ni de los pormenores académicos en Cal State Long Beach. De esa parte de su vida no sé absolutamente nada. En su correspondencia conmigo jamás mencionó tener un romance con alguien. No tocó este tema ni en las postales, ni en las breves pláticas que tuvimos cuando visitaba a sus padres y me daba el telefonazo "to catch up on things." Es por la lectura de "El tapete rojo" que me imagino le nació la idea de vivir una vida sedentaria y familiar en Arizona. Porque, ¿qué propósito era ése de alquilar una casa y almacenar cajas de esferas y luces navideñas en el ático cuando fue contratado para trabajar de maestro de español en una high school de Tucson? Posiblemente es sólo la fabricación de un cuento lo que comparte, uno inventado para darle un giro inesperado a su vida.

En el fondo asumo que Marco desea regresar a California para reconectarse con sus padres y buscar una manera ideal para hacerlo. Esto se sugiere en las últimas anécdotas de este cuaderno que, aunque señalo a Marco como el personaje principal de estos escritos, en verdad las considero ficticias, especialmente "Punto de descanso" y "El camino". Los testimonios "Unas confesiones" y "Viento amárranos" ofrecen relatos que expresan pensamientos autobiográficos probablemente ligados a Marco. No lo sé.

En el Garage Sale, Marco me dijo que vino a Santa Bárbara porque sus padres le pidieron que les ayudara a limpiar la casa pues pensaban jubilarse y venderla. Querían que regresara a su cuarto para revisar las pertenencias que tenía almacenadas en el clóset. Querían deshacerse de todo, pero antes de hacerlo darse la oportunidad de tirar lo que ya no les sirviera. Su papá ya no jardineaba y su mamá no limpiaba casas. De su trabajo como janitor, ahora los dos únicamente limpiaban unas pequeñas oficinas tres veces por semana para ganar algo de dinero. Ya era tiempo de dejarlo todo y gozar lo que les quedaba de vida.

Me imagino que en su venida a Santa Bárbara, Marco salió de Tucson el jueves por la mañana para llegar diez a doce horas más tarde a su destino —eso dependía de las paradas, los puntos de descanso y las veces que llenaba el tanque de gasolina. Saldría a las seis de la mañana y para las once llegaría a Blythe donde, al darse cuenta que cruzaba suelo californiano, transformaría su manera de ver el cielo y el color del paisaje. Ya para las siete Marco estaría cruzando el hilito de carretera costera que conectaba el condado de Ventura con el de Santa Bárbara, precisamente en el punto donde se encuentra la pequeña comunidad de La Conchita.

Cuando llegó a su casa, la madre de Marco lo esperaba con su plato favorito: un caldo de pollo lleno de menudencias, verduras, arroz y garbanzos con salsa picante hecha en casa. Su padre estaría sentado en la sala embebido en un episodio de Chespirito transmitido en el KMEX Canal 34 de Los Ángeles. Sin darle importancia a formalidades, Marco comería en la cocina, hablando con su mamá sobre pormenores del viaje; su padre los acompañaría después de terminar de ver su programa.

El viernes por la mañana, después del desayuno, Marco caminaría por la playa y por las calles de la ciudad. No habría un camino en particular por seguir pues a Marco le gustaba sentir el agua fría del mar y mirar los frondosos árboles magnolia que decoraban las calles de la ciudad. En la noche cenaría con sus padres. La plática se enfocaría en el Garage Sale del día siguiente.

El viaje a Santa Bárbara resultaría más significativo que venir exclusivamente a deshacerse de cosas materiales. Marco vino a su ciudad porque deseaba hacer las paces con sus padres. Deseaba pedirles perdón y, de una manera u otra, hacerles saber que los quería, de que siempre se preocupó por ellos. Más que nada quería agradecerles por todo lo que habían hecho por él. También, muy dentro de su corazón, para tratar de integrarse más a su vida. Si habló de esto con sus padres probablemente lo hizo el viernes o el sábado por la noche.

Marco me habló por teléfono el viernes por la tarde, "to catch up on things". Nos pusimos de acuerdo para vernos el sábado por la mañana en el Garage Sale. Fui porque tenía ganas de saludarlo y de escuchar la opinión de alguien que yo creo se parece mucho a mí. Sin embargo, Marco ha escrito cuadernos autobiográficos y ficticios que documentan la vida de un hombre sufrido, como dice César Vallejo, el que almuerza y toma el tranvía con su "cigarrillo contratado" y su "dolor de bolsillo".

Yo aún no escribo los míos.

LA LUNA SALE DETRÁS DE LA MONTAÑA

Después de leer los tres cuadernos de Marco quise regresar a la casa de sus padres para hacerle preguntas de lo que había leído. Pude entender mucho de lo que escribió porque me identificaba con su soledad y sus deseos de llegar a un acuerdo con el destino. Pero ésta no era mi historia. Era la de él y por eso no sentía la necesidad de pedirle aclaraciones de anécdotas que posiblemente se iban a tirar a la basura. El domingo por la mañana Marco pensaba salir temprano para Tucson. No creo que le hubiese interesado juntarse conmigo o demorar su viaje para hablar sobre ciertas cosas que sólo a mí me interesaba aclarar. Además, hubiese sido difícil dialogar tras una taza de café en un restaurante lleno de gente y de ruido. No le hablé, aunque no me faltaron las ganas. Me quedé pensando en él, deseándole suerte en su viaje a ese puntito marcado en una página de un mapa, esperando verlo la próxima vez que regresara a la ciudad.

La casa de los padres de Marco está localizada en un cerrito a unas cuadras del mar. En las noches se escuchan las olas que descargan su fuerza por la playa y se siente la frescura del aire que sopla indiferente a nuestras preocupaciones.

Hoy estaciono el coche cerca de su casa y camino las pocas cuadras que conducen al parque que colinda con Shoreline Drive. Desde allí, cobijado por la creciente oscuridad de la tarde, se aprecia la grandeza del mar y de las montañas del lado opuesto de la ciudad. Paulatinamente la luna subirá detrás de una de ellas, iluminando todo a su alcance.

¿Por cuánto tiempo se puede vivir fuera de este pedazo de tierra californiana, identificada como un paraíso en la tierra? ¿Será posible que Marco añore un regreso permanente a Santa Bárbara? ¿Hasta qué punto extraña el olor de las magnolias de los árboles plantados en ambos lados de la calle San Andrés o de los geranios rojos floreando en el jardín de la primera casa donde vivió? ¿Hasta qué punto extraña pisar la arena fresca de la playa y tocar las gotas de agua que se deslizan por paredes de barrancas porosas?

Sólo Marco puede contestar estas preguntas. Mientras tanto pienso qué hacer con los cuadernos que me dio. Considero archivarlos al lado de mis journals y cosas del recuerdo porque, ¿qué tal si un día Marco regresa a Santa Bárbara y quiere reescribir su historia? Por otro lado, ¿qué tal si no le doy importancia a todo esto y mejor los destruyo?

Viento, amárrame. Amárrame a la nostalgia de su pasado. Lo quiera o no, me siento atado a su vida. Siento la presencia de sus palabras escritas en cada uno de mis ademanes. Siento la urgencia de añadir algo de mí en su historia; de inventar un final donde él regresa a vivir una vida llena de paz al lado de sus padres y en la ciudad que lo vio crecer.

¿Y si, por el contrario, le agrego un microcuento en el último cuaderno y lo mato en un accidente automovilístico en su regreso a Arizona?

*

Me identifico con la luna llena que Marco y yo sabemos que sale con lealtad a cierta hora detrás de la montaña. La misma que horas más tarde iluminará majestuosamente un camino plateado por la superficie tentativa e imperfecta del mar.

Made in the USA
Coppell, TX
04 December 2020